टोपी शुक्ला

टोपी शुक्ला

राही मासूम रज़ा

राजकमल प्रकाशन

ISBN : 978-81-7178-474-5

मूल्य : ₹395

पहला संस्करण : 1966
सातवाँ संस्करण : 2025

प्रकाशक : राजकमल प्रकाशन प्रा. लि.
1-बी, नेताजी सुभाष मार्ग, दरियागंज
नई दिल्ली-110 002

शाखाएँ : अशोक राजपथ, साइंस कॉलेज के सामने, पटना-800 006
पहली मंजिल, दरबारी बिल्डिंग, महात्मा गांधी मार्ग, प्रयागराज-211 001
1, अनमोल सोराबजी संतुक लेन, धोबी तलाव, मरीन लाइंस, मुम्बई-400 002
वेबसाइट : www.rajkamalprakashan.com
ई-मेल : info@rajkamalprakashan.com

मुद्रक : विकास कंप्यूटर एंड प्रिंटर्स
ट्रॉनिका सिटी-201 102

TOPI SHUKLA
Novel by Rahi Masoom Raza

भूमिका

मुझे यह उपन्यास लिखकर कोई खुशी नहीं हुई। क्योंकि आत्महत्या सभ्यता की हार है। परन्तु टोपी के सामने कोई और रास्ता नहीं था। यह टोपी मैं भी हूँ और मेरे ही जैसे और बहुत-से लोग भी हैं। हम लोगों में और टोपी में केवल एक अन्तर है। हम लोग कहीं-न-कहीं किसी-न-किसी अवसर पर 'कम्प्रोमाइज' कर लेते हैं। और इसलिए हम लोग जी भी रहे हैं। टोपी कोई देवता या पैग़म्बर नहीं था। किन्तु उसने 'कम्प्रोमाइज' नहीं किया। और इसलिए उसने आत्महत्या कर ली। परन्तु 'आधा गाँव' ही की तरह यह किसी आदमी या कई आदमियों की कहानी नहीं है। यह कहानी भी समय की है। इस कहानी का हीरो भी समय है। समय के सिवा कोई इस लायक़ नहीं होता कि उसे किसी कहानी का हीरो बनाया जाए।

'आधा गाँव' में बेशुमार गालियाँ थीं। मौलाना 'टोपी शुक्ला' में एक भी गाली नहीं है।—परन्तु शायद यह पूरा उपन्यास एक गन्दी गाली है। और मैं यह गाली डंके की चोट पर बक रहा हूँ। यह उपन्यास अश्लील है—जीवन की तरह।

—राही मासूम रज़ा

एक

"...भाई देखी आपने धर्म में पॉलिटिक्स ?" टोपी ने अपनी बात ख़त्म की।

"न।" इफ़्फ़न ने कहा। टोपी जब अपना थीसिस सुना रहा था तो इफ़्फ़न कहीं और था। बात यह है कि धर्म और पॉलिटिक्स से अलग भी कुछ बिल्कुल ही घरेलू समस्याएँ होती हैं। और इन समस्याओं पर सोचने का समय जभी मिलता है जब कोई मित्र भाषण दे रहा हो और आप अकेले उसकी 'ठाठें मारते हुए सागर' जैसी भीड़ हों।

इफ़्फ़न के जवाब ने टोपी का मुँह लटका दिया।

"फिर दिखला दो।" इफ़्फ़न ने उसे चुमकारा।

"यह जो धर्म समाज कॉलिज है न ?"

"हाँ, है।"

"यह अगरवाल बनियों का है।"

"है।" इफ़्फ़न ने हुंकारी भरी।

"और बारासेनी बारहसेनियों का।"

"हाँ।"

"इन बारासेनियों की एक अलग कहानी है।"

"वह भी सुना डालो।"

"इनका शुद्ध नाम दुवादस श्रेणी है। भाई लोगों ने देखा कि यह संस्कृत नहीं चलती तो झट से इसे हिन्दी में ट्रान्स्लेट कर दिया। और दुवादस श्रेणी के बनिये बारहसेनी बनिये बन गए। और अब इन्हें यह याद भी न होगा कि मुग़ल काल में इन्होंने अपना क्या नाम रखा था।"

"मगर श्रेणी की सेनी बनाकर तो लोगों ने कोई तीर नहीं मारा।" इफ़्फ़न ने कहा। "यह तो बिलकुल ही ग़लत ट्रान्स्लेशन हुआ।"

"यह अनुवाद किसी प्रोफ़ेसर, या किसी महा महा उपाध्याय या किसी समसुलउलमा ने नहीं किया था।" टोपी जल गया, "साधारण लोगों ने किया था। और साधारण मनुष्य ग्रामर की समस्याओं पर विचार नहीं करता। वह तो अपनी भाषा के नाम पर शब्दों को काट-छाँट लेता है।" टोपी ने कहा।

"मगर सेनी में तो खाना आता है।" इफ़्फ़न ने कहा।

"आता होगा।" टोपी उखड़ गया। "परन्तु श्रेणी को भी सेनी बना लिया गया है।"

उसने दाँत पीसकर कहा। यह दाँत पीसने का कोई अवसर नहीं था। परन्तु टोपी को अपने उजले दाँत बहुत भले लगते थे। इसलिए वह मौक़ा-बे-मौक़ा उन्हें दिखाता रहता था। गहरा काला रंग। बर्फ़ की तरह सफ़ेद दाँत। वह अपनी निगेटिव था और शायद अपने प्रिंट की राह देख रहा था।

टोपी का पूरा नाम बलभद्र नारायण शुक्ला था। उसके बाप का नाम और कठिन था। दादा का नाम तो खुद टोपी को भी ठीक से याद नहीं होता था। परन्तु जब भी इफ़्फ़न उससे कहता :

"टोपी ! यार तुम्हारा नाम शोरफ़ा के मुँह से तो निकल नहीं सकता।" तो टोपी जवाब देता : "भाई ! उर्दू शोरफ़ा के मुँह से न निकल सकता होगा। परन्तु हिन्दी शोरफ़ा के मुँह से अवश्य निकल सकता है। आप ही का नाम कौन कहे कि बड़ा सरल है। सय्यद जर्गाम मुरतुजा अबदी। वाह ! मैं जानता हूँ कि प्रनंसियेशन ठीक नहीं हुआ। परन्तु मैं उर्दूभाषी नहीं हूँ।"

यह बात इफ़्फ़न को हमेशा चुप कर देती। परन्तु एक बात ज़रूर साफ़ हो जाती कि अब कोई केवल शरीफ़ नहीं रह गया है। हर शरीफ़ के साथ एक दुमछल्ला लगा हुआ है। हिन्दू शरीफ़, मुसलमान शरीफ़, उर्दू शरीफ़, हिन्दी शरीफ़ : और बिहार शरीफ़ ! दूर-दूर तक शरीफों का एक जंगल फैला हुआ है। यह सोचकर इफ़्फ़न सदा उदास हो जाता। परन्तु मैं आपको इफ़्फ़न की उदासी की कहानी नहीं सुना रहा हूँ। बात हो रही थी टोपी की। यह मैं बतला चुका कि उसका नाम बलभद्र नारायण शुक्ला था। परन्तु लोग उसे टोपी शुक्ला ही कहा करते थे।

बात यह है कि अलीगढ़ यूनिवर्सिटी जहाँ मट्टी, मक्खी, मटरी के बिस्कुट, मक्खन और मौलवी के लिए प्रसिद्ध है, वहीं भाँत-भाँत के नाम रखने के लिए भी प्रसिद्ध है। एक साहब थे क्रा। एक साहब थे उस्ताद छुवारा। (जो किसी निकाह में लुटाए नहीं गए शायद !) एक थे इक़बाल हेडेक। एक थे इक़बाल हरामी। एक थे इक़बाल एट्टी। और एक थे इक़बाल ख़ाली। ख़ाली इसलिए कि बाक़ी तमाम इक़बालों के साथ कुछ-न-कुछ लगा हुआ था। अगर इनके नाम के साथ कुछ न जोड़ा जाता तो यह बुरा मानते। इसलिए यह इक़बाल ख़ाली कहे जाने लगे। भूगोल के एक टीचर का नाम 'बहरुल काहिल' रख दिया गया। यह टीचर कोई काम तेज़ी से नहीं कर सकते थे। इसलिए इन्हें काहिली का सागर कहा गया (वैसे अरबी भाषा में पैसिफ़िक सागर का नाम बहरुल काहिल ही है !) भूगोल ही के एक और टीचर सिगार हुसैन ज़ैदी कहे गए कि उन्हें एक ज़माने में सिगार का शौक़ चर्राया था।...बलभद्रनारायण शुक्ला इसी सिलसिले की एक कड़ी थे। यह टोपी कहे जाने लगे।

बात यह है कि यूनिवर्सिटी यूनियन में नंगे सिर बोलने की परम्परा नहीं है। टोपी को ज़िद कि मैं तो टोपी नहीं पहनूँगा। इसलिए होता यह कि यह जैसे ही बोलने खड़े होते सारा यूनियन हाल एक साथ 'टोपी ! टोपी !' का नारा लगाने लगता। धीरे-धीरी टोपी और बलभद्र नारायण का रिश्ता गहरा होने लगा। नतीजा यह हुआ कि बलभद्र को

छोड़ दिया गया और इन्हें टोपी शुक्ला कहा जाने लगा। फिर गहरे दोस्तों ने शुक्ला की पख़ भी हटा दी। और यह केवल टोपी हो गए।

परन्तु एक दिन टोपी ने बड़ी ऐक्टिविटी की। यूनियन का बजट-सेशन था। इन्हें कोई एतराज़ करना था। यह बग़ल वाले लड़के की टोपी ओढ़कर खड़े हो गए। (टोपी बहुत बड़ी थी।) लड़कों ने जो इन्हें टोपी पहने देखा तो बहुत बुरा माना।

"यह बेईमानी है।" पीछे से आवाज़ आई।

इन्होंने बोलना शुरू किया तो लड़कों ने टोपी उतारने के लिए शोर करना शुरू किया। आख़िर इन्हें टोपी उतारनी पड़ी। जब यह नंगे सिर हो चुके तब लड़कों ने खाज के अनुसार 'टोपी' का नारा मारा। उन्होंने फिर टोपी पहनी और तब लड़के चुप हुए। परन्तु इनकी यह अदा लड़कों को इतनी भायी कि इन्होंने बजट में जो अमेंडमेंट पेश किया था वह मान लिया गया।

टोपी शुक्ला बहुत ही यार टाइप के लोग थे। अपने उसूलों के भी बड़े पक्के थे। और उनका सबसे बड़ा उसूल यह था कि दोस्ती में उसूल नहीं देखे जाते।

यह जब यूनिवर्सिटी में आए थे तो जनसंघी थे। धीरे-धीरे मुसलिम लीगी हो गए। इसका नतीजा यह हुआ कि हिन्दू लड़के इन्हें मौलाना टोपी कहने लगे।

अलीगढ़ में बलवा हो गया कि इन्होंने कठपुले के पार जाना इस डर से छोड़ दिया कि कहीं मुसलमान होने के धोखे से मार न डाले जाएँ।

हिन्दी से एम.ए. कर चुके थे। बेरोज़गार थे।

किसी डी.ए.वी. कॉलेज में हिन्दी की एक जगह निकली। इफ़्फ़न ने अख़बार की कटिंग टोपी को भेंट की और कहा—

"एपलाई कर दो।"

वह बोले : "भाई क्या फ़ायदा ?"

इफ़्फ़न ने कहा : "अमें नौकरी मिलेगी और क्या फ़ायदा ?"

बोले : "कॉलिज हिन्दुओं का है, मुझे नौकरी नहीं मिल सकती।"

"तो किसी इसलामिया कॉलिज में अपलाई करो।" इफ़्फ़न ने जलकर कहा।

परन्तु टोपी इस पर भी तैयार नहीं हुए। बोले : "मेरा नाम बलभद्र नारायण शुक्ला है।"

यह प्रश्न वास्तव में महत्त्वपूर्ण है कि बलभद्र नारायण शुक्ला और उन्हीं के जोड़ीदार किसी अनवर हुसैन जैसे लोगों के लिए इस देश में कोई जगह है या नहीं। यहाँ कुँजड़ों, कसाइयों, सय्यदों, जुलाहों, राजपूतों, मुसलिम राजपूतों, बारहसेनियों, अगरवालों, कायस्थों, ईसाइयों, सिक्खों...ग़रज़ कि सभी के लिए कम या अधिक गुंजाइश है। परन्तु हिन्दुस्तानी कहाँ जाएँ ? लगता ऐसा है कि ईमानदार लोगों को हिन्दू-मुसलमान बनाने में बेरोज़गारी का हाथ भी है।

"धर्म में भी साली पॉलिटिक्स घुस आई है भाई !" टोपी ने झल्लाकर कहा।

"धर्म सदा से पॉलिटिक्स ही का एक रूप रहा है। न सोमनाथ का मन्दिर तुम बनवा

सकते हो और न दिल्ली की जामा मसजिद मैं। तो धर्म मेरा-तुम्हारा साथ क्यों देगा चौंघट !"

"मैं सोच रहा हूँ कि शादी कर डालूँ।" टोपी ने कहा।

इफ़्फ़न टोपी के शुभ या अशुभ विवाह के प्रश्न पर बात करने के लिए तैयार तो बैठा नहीं था, इसलिए वह चौंक पड़ा।

"क्या सोच रहे हो ?"

"मैं मज़ाक नहीं कर रहा हूँ।" टोपी ने कहा। "मेरे प्राबलम्ज़ का यही एक हल रह गया है। एक बार शादी कर लूँ फ़िर देखूँगा इस साली दुनिया को।"

"फ़िर नहीं। फिर।"

"कोई फरक़ नहीं पड़ता।"

"फरक़ नहीं फ़रक़।"

"बस आप लोग शब्दों के तलवे चाटते रहिए।" वह बिगड़ गया। "मैं तो अपने विवाह की बात कर रहा हूँ और आप भाषा-सुधार की योजना चलाने पर तुले बैठे हैं।"

"मगर शादी किससे कर रहे हो ?"

"यह मालूम होता तो आपसे क्यों कहता।" टोपी बहुत खफ़ा हो गया। "भाई आप भी कभी-कभी बहुत स्टुपिड हो जाते हैं।"

"अबे तो क्या मैं लड़की पैदा करूँ ?"

"इससे क्या फ़ायदा होगा ?" टोपी ने कहा। "आपकी पैदा की हुई लड़की से मैं विवाह तो कर नहीं सकता।"

"तो ?" इफ़्फ़न ने प्रश्न किया।

"किसी से मेरा इश्क़ करवा दीजिए।"

"तुम्हें इश्क़ करवा दूँ ?"

"हाँ।"

"और खुद मैं क्यों न कर डालूँ ?"

"ए भाई ख़बरदार जो उलटी-सीधी बात की !" वह बिगड़ा। "भाभी के होते इशक़ करोगे ?"

"देखो पण्डित बलभद्र नारायण टोपी शुक्ला," इफ़्फ़न ने कहा, "इश्क़ लड़ाने या इशक़ करने के लिए तो लड़कियों की कमी नहीं है। मगर यह कोई ज़रूरी नहीं कि जो लड़की तुमसे इश्क़ लड़ाए वह तुमसे शादी भी कर ले। इश्क़ का तअल्लुक़ दिलों से होता है और शादी का तनख़ाहों से। जैसी तनख़ाह होगी वैसी ही बीवी मिलेगी।"

"अरे तो क्या यह लैला-मजनूँ और हीर-राँझा की कहानियाँ केवल प्रोपेगण्डा हैं। ?"

"यह कहानियाँ मिडिल क्लास के पैदा होने से पहले की हैं।" इफ़्फ़न ने कहा।

"यानी पॉलिटिक्स साली इश्क़ में भी घुस आई। इश्क़ ठीक कहा न मैंने ?"

"ऐन ज़रा गाढ़ी हो गई थी। तुम अलिफ़ ही बोला करो।"

"फिर तुम एतराज करोगे कि ज़बान को ख़राब करता हूँ।"

"न।" इफ़्फ़न ने कहा, "फिर मैं कोई एतराज नहीं करूँगा।"

"तो फिर इश्क़ करवा दो।" टोपी ने कहा, "और किसी मुसलमान लड़की से करवा दो तो क्या कहना !"

"क्यों ?"

"उसे लेकर पाकिस्तान चला जाऊँगा। वैसे तीन रुपये होंगे ?"

"रुपये ?" इफ़्फ़न फिर चौंक पड़ा।

"हाँ-हाँ, रुपये।"

"रुपये क्या करोगे ?"

"यार भाई तुम बहुत डल हो गए हो।" टोपी ने अफ़सोस से कहा। "रुपये खरच करूँगा और क्या करूँगा।"

"ए टोपी !" इफ़्फ़न की बीवी सकीना आ गई। "खाना खाकर जाना।"

"राम राम राम।" टोपी खड़ा हो गया। "भाभी, तुम एक दिन अवश्य मेरा धर्म भ्रष्ट करवाकर दम लोगी। कितनी बार कहूँ कि मैं मुसलमानों के घर का खाना नहीं खाता।"

"क्यों नहीं खाते ?" इफ़्फ़न जल गया। "तुम तो बड़े प्रगतिशील हो।"

"हूँ तो। परन्तु आदत पड़ गई है।" टोपी ने कहा। "फिर भी जब घर जाता हूँ तो रसोई में जाने की इजाजत नहीं मिलती। माताजी मेरी थाली अलग रखती हैं। कहती हैं कि मैं मलेच्छ हो गया हूँ। परन्तु माँ है। कभी-कभी प्यार कर ही लेती है। तो प्यार करने के बाद सीधी गंगा नहाने जाती है। एक दिन मैंने कहा, माताजी मुसलमानों ने नहा-नहाकर गंगाजी को भ्रष्ट कर दिया है। जनाब वह खफ़ा हो गईं और छह महीने तक मुझसे नहीं बोलीं।"

"और तेरे बाप ?" सकीना आस्तीन चढ़ाती हुई इफ़्फ़न की कुरसी के हत्थे पर बैठ गई और दुपट्टे से माथे का पसीना पोंछने लगी।

इफ़्फ़न ने क़लम बन्द कर दिया। अब घण्टों किसी काम का सवाल ही नहीं पैदा होता था।

सकीना और टोपी में गहरी दोस्ती थी। परन्तु दोनों में एक मिनट नहीं पटती थी। सकीना हिन्दुओं से बहुत खफ़ा रहती थी, क्योंकि उसके घरवाले आज़ादी के बलवों में मारे गए थे।

"टोपी !" वह बोली। "मैं तुम लोगों को खूब समझती हूँ। यहाँ बैठकर न मालूम कौन शील हो जाते हो..."

"प्रगतिशील।" टोपी ने सहारा दिया।

"हाँ-हाँ—अरगती-परगती शील होगा कुछ। यह मुई भी कोई ज़बान है कि बोलो तो ज़बान छिनाल औरत की तरह सौ-सौ बल खाए।"

"वह बात कहो। यह उपमाएँ क्यों लुटा रही हो ?" टोपी ने कहा। "क्या कह रही थीं ?"

"अरे तो क्या मैं तुझसे डरती हूँ कि नहीं कहूँगी !" सकीना हत्थे से उखड़ गई।

"कह यह रही थी कि यहाँ बैठकर परगती शील बनते हो मगर खाल के नीचे हो हिन्दू ही।"

"अरे तो मैंने कब कहा कि मैं मुसलमान हो गया हूँ।" टोपी बोला। 'मैं कोई पागल हूँ कि मिजारिटी कम्युनिटी को छोड़कर मिनारिटी कम्युनिटी में आ जाऊँगा।'

"तुम जनसंघियों के जासूस हो।"

"वैसे इस समय मुझे तीन रुपयों की ज़रूरत है।"

"तीन रुपए नहीं हैं मेरे पास।"

"पाँच से भी काम चल जाएगा।"

"हाँ, तुम्हारे बाप न जाने कौन नारायण शुक्ला ने यहाँ आँगन में नोटों का जो पेड़ लगाया था ना, उसमें इस साल बहुत फल आए हैं।"

"कमाल है। पिताजी ने यह बात कभी मुझे बताई ही नहीं थी।"

"इतना बड़ा कमाल भी नहीं है कि तुम कमाल कहने लगो।" इफ़्फ़न ने कहा।

सकीना को हँसी आ गई। उसने खूँट में बँधा हुआ पाँच का नोट निकालकर टोपी की तरफ़ बढ़ाया।

"लो। मगर नौकर होते ही अदा कर देना।"

"लिख रक्खा भाभी।" टोपी ने उठते हुए कहा। "सूद समेत एक-एक पाई अदा कर दूँगा। और देखो पैसों का जब बहुत ठाला पड़ जाए तो मुझे एक नौकरी दिलवा देना।"

जब तक सकीना इस बात का कोई जवाब सोचे-सोचे, टोपी चलता बना।

यह है वह बलभद्र नारायण शुक्ला जो इस कहानी का हीरो है।

जीवनी या कहानी सुनाने का एक तरीक़ा यह भी है कि कथाकार या जीवनीकार कहानी या जीवन को कहीं से शुरू कर दे। जीवन ही की तरह कहानी के आरम्भ का भी कोई महत्त्व नहीं होता। महत्त्व केवल अन्त का होता है। जीवन के अन्त का भी और कहानी के अन्त का भी। मैं यदि आपको यह दिखलाता कि बलभद्र नारायण शुक्ला एक पालने में स्याह गोश्त के एक लोथड़े की तरह पड़ा ट्याँव-ट्याँव कर रहा है और उसकी कमर में काले नाड़े की करधनी है और उसके काले माथे पर काजल का एक काला टीका है, तो सम्भव है कि आप मुँह फेर लेते कि इस बच्चे में क्या ख़ास बात है !—जबकि सच पूछिए तो हर कहानी और हर जीवनी शुरू वहीं से होती है।

दो

संसार के तमाम छोटे-बड़े लोगों की तरह टोपी भी बेनाम पैदा हुआ था। नाम की ज़रूरत तो मरनेवालों को होती है। गांधी भी बेनाम पैदा हुए थे और गोडसे भी। जन्म लेने के लिए आज तक किसी को नाम की ज़रूरत नहीं पड़ी है। पैदा तो केवल बच्चे होते हैं। मरते-मरते वह हिन्दू, मुसलमान, ईसाई, नास्तिक, हिन्दुस्तानी, पाकिस्तानी, गोरे, काले और जाने क्या-क्या हो जाते हैं।

इस जगह हमें इन झगड़ों से कोई मतलब नहीं। अभी तो हमारे लिए केवल इतना जान लेना बहुत है कि टोपी ने जन्म लिया। हज़ारों, लाखों, करोड़ों दूसरे बेटों की तरह वह भी दूसरा बेटा था। एक भाई उसकी पीठ पर था और एक भाई की पीठ पर वह था।

जिस रात उसने जन्म लिया वह बरसात की एक सड़ी हुई काली रात थी। हवा बिलकुल बन्द थी। आकाश बादल से ठसा पड़ा था। एक तारे तक की जगह नहीं थी।

इधर उसकी माँ के पेट में दर्द शुरू हुआ और उधर बिजली चमकी। बादल में दरार पड़ गई। पानी की चादर गिरने लगी। ऐसा लगता था जैसे बादल ओलती में फँस गए हों। आँगन में पानी चमकने लगा। फ़्यूज़ उड़ गया। अँधेरा सम्पूर्ण हो गया।

उसकी दादी 'हरे कृष्ण हरे कृष्ण' का जाप करने लगीं कि न जाने कैसा राक्षस जन्म लेनेवाला है जिसने जन्म लेने से पहले ही अन्धेर मचा दिया था। उसके पिता डॉक्टर भृगु नारायण शुक्ला नीले तेल ाले भी काफ़ी परेशान थे। इस तूफ़ान में न दाई ही आ सकती थी और न डॉक्टरनी ही।

ग़रज कि पण्डित बलभद्र नारायण शुक्ला को रात के ठीक बारह बजे खुद से पैदा हो जाना पड़ा। पैदा होते ही टोपी ने अपनी छोटी-छोटी आँखों से दुनिया को देखा। उसे जो चीज़ दिखाई दी वह बड़ी भयानक थी। वह डरकर रोने लगा और उस अन्धकार को ढूँढ़ने लगा जिसमें वह अब तक कुलबुलाया करता था। परन्तु इतिहास और समय का पहिया उलटा नहीं चलता। टोपी को संसार ही में रहना था जब कि यह भी सत्य है कि प्रकाश जानलेवा था। यही तो कारण है कि बड़ी-बूढ़ियाँ सौरी की कोठरी में प्रकाश और हवा दोनों ही को नहीं आने दिया करती थीं, (जहाँ बड़ी-बूढ़ियों का ज़ोर चलता है वहाँ अब भी यही होता है।)

यह बात ग़लत है कि हव्वा ने आदम को गेहूँ खिला दिया था और बेचारे इस

अपराध में जन्नत से निकाले गए। जन्नत का वह पेड़ वासना का पेड़ भी नहीं है जैसा कि मानव-विज्ञान वाले कहते हैं। वह पेड़ है प्रकाश का। गुलामी, धर्म और प्रकाश का पुराना बैर है। आदम को जब प्रकाश मिला तो अल्लाह मियाँ ने उन्हें तुरन्त जन्नत से निकाल दिया।

प्रकाश का यह पेड़ कई पुरानी कहानियों में भी दिखाई देता है। पण्डितों और नजूमियों ने हिसाब लगाया और कहा कि राजकुमार वैसे तो क़िस्मत का धनी है परन्तु चौदह बरस तक इस पर चाँद और सूरज का साया नहीं पड़ना चाहिए। फिर क्या था ? एक ख़ूबसूरत वाटिका बनाई गई जिस पर एक मोटा शामियाना या तम्बू तान दिया गया। राजकुमार अपनी उन्नाओं, छूछूओं, ख़वासों, बाँदियों, कहारियों...ग़रज़ कि महल के पूरे तामझाम के साथ उस वाटिका में भेज दिया गया। एक दिन (जब चौदहवाँ बरस ख़त्म हो रहा था) राजकुमार ने देखा कि एक चमकदार चीज़ छत से ज़मीन तक उग आई है। यह उलटा पेड़ प्रकाश ही का था। प्रकाश ने तम्बू में छेद कर दिया था। बस जैसे ही राजकुमार ने प्रकाश के पेड़ को देखा वैसे ही मुसीबतें आने लगीं। नेचर सुपर-नेचुरल बनकर आई और अन-नेचुरल वातावरण में पलनेवाले बच्चे को प्रकृति से टकराना पड़ा। नतीजा यह कि अन्त में नेचर ने नेचर को पहचान लिया। बड़ी मुसीबतें आईं, परन्तु राजकुमार ने प्रकाश को हाथ से न जाने दिया। अन्त में राजकुमार और उसकी प्रेमिका का विवाह हो गया। कहानी समाप्त हुई। हो सकता है कि बाबा आदम की कहानी भी बिलकुल यही हो। जन्नत पर तने हुए तम्बू में छेद हो गया हो...बूढ़ा बादशाह राजकुमार की राह देख रहा है, क्योंकि कहानी अभी समाप्त नहीं हुई है। अभी तो राजकुमार डॉक्टर वार्ड और हाइडरोजन बम और काले-गोरे और हिन्दू-मुसलमान-दंगों के जंगल में रास्ता ढूँढ़ रहा है।

परन्तु अपना बलभद्र नारायण शुक्ला न आदम था और न राजकुमार। इसलिए उसे न शैतान का डर था और न नजूमियों का। वह तो केवल पण्डित भृगु नारायण शुक्ला नीले तेल वाले का दूसरा बेटा था। इसी 'केवल' में टोपी के जीवन की ट्रैजिडी थी। यह कहानी सच पूछिए तो इसी 'केवल' की है।

डॉक्टर पण्डित भृगु नारायण नीले तेल वाले मुहल्ले-पड़ोस वालों के ख़याल में बड़े भलेमानस थे। बहुत धार्मिक आदमी थे। मन्दिर कभी-कभी जाते थे। कभी-कभार पूजा भी कर लिया करते थे। परन्तु उन्होंने शहर में एक बड़ा सुन्दर मन्दिर बनवा दिया था। उन्हें केवल एक शौक़ था—चुनाव लड़ने का। सदा हारे पर हिम्मत न हारे और हर चुनाव में खड़े होते रहे। पहले कांग्रेस के टिकट पर लड़े। हार गए। आज़ाद लड़े। हार गए। जनसंघ के टिकट पर लड़े। हार गए। पार्लमिंट से म्युनिसिपैलिटी तक का चुनाव लड़े और हारे। ऐसे हारनेवाले कहाँ मिलते हैं।

डॉक्टर साहब फ़ारसी के रसिया और मसनवी मौलाना रूम के दीवाने थे। अक्सर 'उर्फ़' और 'बेदिल' के शेर गुनगुनाते रहते थे। धुली हुई उर्दू बोलते थे और उर्दू के कट्टर विरोधी थे। इनशा अल्लाह और माशा अल्लाह और सुबहान अल्लाह के नीचे बात नहीं

करते थे। मुसलमानों से नफ़रत करते थे। परन्तु इसलिए नहीं कि उन्होंने भारत की प्राचीन सभ्यता को नष्ट किया है और पाकिस्तान बना लिया है। बल्कि इसलिए कि उनका मुक़ाबला डॉक्टर शेख़ शरफ़उद्दीन लाल तेल वाले से था। यह डॉक्टर शरफ़उद्दीन उनके कम्पाउण्डर हुआ करते थे और उनके बेटे उन्हें शर्फू चाचा कहा करते थे। शेख़ शरफ़उद्दीन ने हरकत यह की कि नीले तेल का रंग बदल दिया। बस तेल का रंग बदलकर वह डॉक्टर बन गए और भोली-भाली पब्लिक को दोनों हाथों से लूटने लगे। रंग बदलने से भी आदमी क्या-क्या हो जाता है। टोपी एक ही है। सफ़ेद हो तो आदमी कांग्रेसी दिखाई देता है, लाल हो तो प्रजा सोशलिस्ट और केसरी हो तो जनसंघी !

फिर भी डॉक्टर भृगु नारायण का कारोबार ज़ोरों पर था। नीला तेल रग-पट्ठों में जान डालता था। और आजकल के नौजवानों को रग-पट्ठों की बीमारियाँ अधिक होती हैं। नीला तेल लुजलुजे पट्ठों को तलवार की तरह सख़्त बना देता था। (लाल तेल भी यही करता था !) इसलिए डॉक्टर भृगु नारायण के घर अल्लाह के फ़ज़्ल या भगवान् की दया से एक बीवी, चार नौकरानियाँ, दो नौकर, एक भैंस, दो अलसेशियन कुत्ते, एक मोटर और तीन बच्चे थे।

परन्तु बाबू भृगु नारायण इस कहानी के हीरो नहीं हैं। डॉक्टर साहब का परिचय तो मैं इसलिए करवा रहा हूँ कि उन्हें जाने बिना पण्डित बलभद्र नारायण टोपी शुक्ला के व्यक्तित्व को समझना कठिन हो जाएगा।

टोपी की माँ रामदुलारी भी सीधी-सादी धार्मिक टाइप की घरेलू औरत थी। बड़ा भाई मुनेश्वर नारायण शुक्ला उर्फ़ मुन्नी बाबू रामराज्य परिषद् में गले-गले खड़े थे। और टोपी के छोटे भाई भैरव नारायण को कांग्रेसी बनने का शौक़ था, क्योंकि इस पेशे में ऊपर की आमदनी नीले तेल से भी अधिक थी। जब भी वह यह सुनता कि फ़ुलाँ प्रान्त का मुख्यमन्त्री मरा तो उसने सुइज़रलैण्ड के बैंकों में पचास लाख की रक़म छोड़ी। और फ़ुलाँ प्रान्त का मुख्यमन्त्री तो मुख्यमन्त्री होने से पहले बस कण्डक्टर था और अब देश के हर बड़े नगर में उसकी कोठियाँ हैं और वह कई मिलों का मालिक है, तो उसकी आँखें चमकने लगतीं और वह अपनी माँ रामदुलारी की गोद में घुस जाता और कहता—

"हम तो मुख्यमन्त्री बनेंगे।"

"प्रभू की लीला अपरम्पार है। अवश्य बनोगे।" वह कहतीं और यह सुनकर भैरव को यक़ीन हो जाता कि वह एक-न-एक दिन मुख्यमन्त्री अवश्य बनेगा। परन्तु वह अपने पिता से दिल की बातें कभी नहीं करता था। वह पेट-पोंछना था, इसलिए माँ का चहीता था। डॉक्टर साहब तो मुन्नी बाबू पर फ़िदा थे और मुन्नी बाबू मुन्नीबाई पर।

मुन्नी बाबू को मुन्नीबाई की एक अदा पसन्द आ गई थी। वैसे तो शहर की सौ-सवा सौ रंडियों की तरह वह भी एक रंडी थी। परन्तु मुन्नीबाई ने अपने पेशे में भी धर्म का दामन नहीं छोड़ा था। उसे मालूम था कि एक-न-एक दिन तो भगवान् को मुँह दिखलाना ही पड़ेगा। इसलिए उसने मकान की एक कोठरी में एक शिवालय बना रखा था। रोज़ सवेरे नहा-धोकर वह नटराज, भोले शंकर, भूतनाथ की पूजा कर लिया करती

थी। और शाम को जब वह बत्तीसों हथियार सजाकर अपनी दूकान खोलती तो इसका ख़याल रखती कि गाना तो जो चाहे वह सुन ले परन्तु कोई शूद्र या मलेच्छ 'रहने' न पाए। उसे इसका बड़ा दुःख था कि एक मुसलमान ने उसका नथ उतारा था। मुन्नी बाबू इन्हीं बातों पर तो जान देते थे। वह मुन्नीबाई से दस बरस छोटे थे। परन्तु प्रेम में कहीं उम्र देखी जाती है !

यही कारण है कि जब मुन्नी बाबू के लग्न की बात चली तो उन्होंने मुँह लटका लिया। और न केवल यह कि मुँह लटका लिया बल्कि विवाह करने ही से इनकार कर दिया। डॉक्टर साहब बहुत परेशान हुए क्योंकि लड़की वाले तगड़ी असामी थे। एक लाख नक़द। एक मोटर। पाँच सेर सोना। तीन सेर चाँदी।...डॉक्टर साहब ने ऊँच-नीच पर विचार किया और मुन्नी बाबू को समझाने का फ़ैसला किया। परन्तु मुन्नी बाबू को मुन्नीबाई के सिवा भला और कौन समझा सकता था ! पाँच हज़ार लेकर मुन्नीबाई समझाने को तैयार हो गईं। वह साल-भर के लिए बम्बई चली गईं। डॉक्टर साहब ने उन्हें अपने एक मरीज़ के नाम खत भी दिया (उनका मरीज़ हीरो हो गया था।) जब मुन्नीबाई कुछ कहे-सुने बिना ही एक दिन रफ़ूचक्कर हो गईं तो मुन्नी बाबू को डॉक्टर साहब की बात मान लेनी पड़ी।

पण्डित सुधाकर लाल की इकलौती बेटी लाजवन्ती से मुन्नी बाबू का विवाह हो गया।

लाजवन्ती बड़ी अच्छी लड़की थी। बस एक आँख ज़रा ख़राब थी। बाएँ पैर को घसीटकर चलती थी। रंग ज़रा ढँका हुआ था। और मुँह पर माता के निशान थे। परन्तु इन बातों से क्या होता है ? शरीफ़ लोगों में कहीं बहुओं की सूरत देखी जाती है ! सूरत तो होती है रण्डी की। बीवी की तो तबीअत देखी जाती है। लाजवन्ती सीरत और तबीअत दोनों ही की अच्छी थी—यानी वह पण्डित सुधाकर लाल की इकलौती बेटी थी। पण्डितजी शहर के सबसे बड़े वकील थे। दस-बारह हज़ार की आमदनी थी। बड़े ज़मींदार थे। कई कल-कारखानों के हिस्सेदार थे। उनके पिताजी ने बड़े ठाठ की थानेदारी की थी। और दादा ने उससे भी ज़्यादा ठाठ की तहसीलदारी। कहते हैं कि पण्डितजी के घर में अनाज की तरह नोटों को धूप दिखलाई जाती थी। बाप-दादा ने डेढ़ सौ दूकानों और पाँच हवेलियों के अलावा सत्रह लाख का बैंक बैलेंस भी छोड़ा था। परन्तु लाजवन्ती कोई बिगड़ा हुआ मुक़दमा तो था नहीं कि वकील साहब उसे सँभाल लेते। वह तो एक बिगड़ी हुई शक्ल थी। बराबर वालों में कोई वर नहीं मिला। नीचे के लोगों ने भी लक्ष्मी की भद्दी मूर्ति पर बेटों की बलि देना स्वीकार नहीं किया। बस एक पण्डित भृगु नारायण नीले तेल वाले ऐसे मिले जिन्होंने कहा कि लक्ष्मी लक्ष्मी होती हैं।

मुन्नी बाबू और लाजवन्ती की कहानी भी टोपी शुक्ला की कहानी का अंग नहीं है। असल में मैं चाहता यह हूँ कि आप लोग उन तमाम लोगों को देख लें जो टोपी को हर तरफ़ से दबोचे हुए हैं।

परन्तु मैं यह देख रहा हूँ कि बातें कुछ बेतरतीब हुई जा रही हैं। अभी मुन्नी बाबू

और लाजवन्ती के विवाह की बात बिला वजह निकल आई। तभी तो बरसात की एक काली रात में वह बच्चा पैदा हुआ है जो आगे चलकर पण्डित बलभद्र नारायण शुक्ला और उससे भी आगे बढ़कर टोपी शुक्ला बनने वाला है।

टोपी शुक्ला की सूरत खराब थी। परन्तु थे बड़े शर्मीले। नंगे पैदा नहीं हुए। सिर के बाल सारे बदन पर उगाकर पैदा हुए। नतीज़ा यह हुआ कि सुबह को जब चमाइन आई और रामदुलारी को मल-मलाकर अपने घर गई तो उसने अपने पति से कहा :

"दागदर साहब के घर बनमानुस भइल बाय।"

टोपी का सारा ननिहाल-दादीहाल खँगाल डाला गया कि पता तो चले कि यह बच्चा किस पर गया है। परन्तु दूर-दूर इस कैंडे का कोई दिखाई नहीं दिया। फिर क्या था ! सास की ज़बान चल पड़ी। बेचारी रामदुलारी हैरान कि इस बच्चे को जन्म देकर वह किस मुसीबत में फँस गई। वह तो ख़ैरियत यह थी कि जब उसकी सास को गुस्सा आता था तो वह लगभग फ़ारसी बोलने लगती थी। और रामदुलारी की समझ ही में नहीं आता था कि सास कह क्या रही है।

सुभद्रादेवी, यानी डॉक्टर भृगु नारायण शुक्ला की माँ फ़ारसी की रसिया और हिन्दी की दुश्मन थीं। उनके पिता यानी नीले तेलवाले डॉक्टर के नाना पण्डित बालमुकुन्द फ़ारसी-अरबी के स्कॉलर और उर्दू-फ़ारसी के कवि थे। सुभद्रा इकलौती बेटी थीं। उन्होंने इन्हें जी भर के फ़ारसी पढ़ाई। सुभद्रादेवी चोरी-चोरी फ़ारसी में शेर भी कहने लगीं। जिस घर में ब्याहकर आईं वहाँ भी फ़ारसी का वातावरण था। डॉक्टर भृगु के पिता खुद उर्दू-फ़ारसी के आशिक़ थे। सुभद्रादेवी जब घर के नौकर-चाकरों से छिपाकर कोई बात कहना चाहतीं तो पति से फ़ारसी बोलने लगतीं। उन पति-पत्नी के ख़याल में हिन्दी गँवारू भाषा थी।

बेचारी रामदुलारी तो अपनी सास की घरेलू भाषा भी ठीक से नहीं समझ पाती थी। उसके घर में विद्या की परम्परा कुछ और थी। परन्तु वह इतना अवश्य समझ गई कि सास पोते की पैदाइश से खुश नहीं हैं।

उसने डरते-डरते बच्चे की तरफ़ देखा। वह अब भी उतना बदसूरत था। और अपनी बेहद ब्लैक एण्ड ह्वाइट आँखों से छत की तरफ़ देख रहा था।

रामदुलारी का कलेजा सास की बातों से पक गया। उसका दिल खट्टा हो गया। और शायद इसी खटास के कारण उसका दूध फट गया। दूध फटा हो या न फटा हो, परन्तु दूध उतरा नहीं। उसे तरह-तरह के हरीरे पिलाए गए, भाँति-भाँति के हलवे और लड्डू खिलाए गए। सैकड़ों टोने-टोटके किए गए। पीरों-फ़कीरों की खुशामदें की गईं। अघोरियों की गालियाँ सुनी गईं। साधुओं के चरन छुए गए—परन्तु दूध नहीं उतरा।

उधर टोपी शुक्ला की बदसूरती ने मुन्नी बाबू का बाजार और चढ़ा दिया। जो चीज़ आती वह पहले मुन्नी बाबू को मिलती। कपड़े मुन्नी बाबू के बनते और टोपी को उनकी उतरन पहननी पड़ती। सुभद्रा देवी तो उसे अपने पास फटकने भी नहीं देती थीं। वह शायद डरती थीं कि अगर उन्होंने टोपी को छू भी लिया तो उनके चम्पई रंग पर दाग़

पड़ जाएगा। मुन्नी बाबू अलबत्ता जब देखो तब दादी की गोद में अँड़से हुए हैं। कभी दादी उन्हें 'गुलिस्ताँ' की कहानियाँ सुना रही हैं, कभी 'तिलस्मे-होशरुबा' की सैर करा रही हैं। कभी 'रामायण' सुना रही हैं और कभी 'महाभारत' के वीरों की कथाएँ याद करवा रही हैं।

अपने बलभद्र का भी जी चाहता कि कोई उसे भी इसी प्यार से कहानियाँ सुनाए। परन्तु उसके चारों ओर तो गहरा सन्नाटा था। जब भी वह किसी चीज़ के लिए ज़िद करता, डाँट दिया जाता कि कैसा निर्लज्ज बच्चा है कि बड़े भाई का दाज करता है।

नतीजा यह हुआ कि टोपी को शेख़ सादी, अमीर हमज़ा की कथा, रामायण, महाभारत—और बड़ों से नफ़रत हो गई। वह इन सबको मुन्नी बाबू की पार्टी का समझने लगा। और एक दिन तो उसने ग़जब ही कर दिया। दादी से बोला :

"दादीजी, आप उस काले-कलूटे कृष्न को पूजती हैं ना, तो एक-न-एक दिन आपकी पूजा जरूर काली हो जाएगी।"

उस दिन दादीजी को दो बातों पर गुस्सा आया। पहली बात तो यह थी कि उनका पोता 'ज़रूर' को 'जरूर' बोल रहा था। (टोपी उन्हें चिढ़ाने के लिए उनके जीवन-भर यही करता रहा।) और दूसरी बात यह कि उसने प्रभु का मज़ाक उड़ाया था। उन्होंने ताने की कमान चढ़ाकर रामदुलारी का कलेजा छलनी कर दिया। उस दिन रामदुलारी ने टोपी को जी भरके ठोंका।

टोपी घर से भाग गया।

तीन

ऐसा नहीं है कि उसने भागने का फ़ैसला बिना सोचे-समझे ही कर लिया हो। छह-साढ़े छह बरस का बच्चा जितना सोच सकता है, उतना उसने सोचा। मिसाल के लिए उसने खाने-पीने और रात के सोने की समस्याओं पर विचार किया। परन्तु यह भी कोई समस्या हुई ? घर खाऊँगा और अपने बिस्तर पर सो जाऊँगा। यह फ़ैसला करने में अधिक-से-अधिक तीन-चार सेकेंड लगे। इसलिए जब लोगों को पता चला कि वह भाग गया था तो सबने अलग-अलग तरीके से उसे केवल एक ही बात समझाई कि बिना सोचे-समझे उसे यह मूर्खता नहीं करनी थी।

परन्तु मैं (यानी यह जीवनीकार) यह जानता हूँ कि टोपी शुक्ला ने सोचे-समझे बिना कभी कोई काम ही नहीं किया। यही बाद में उसके जीवन की ट्रेजिडी साबित हुई। परन्तु ये बातें आप टोपी-गाथा में आगे चलकर खुद ही देख लेंगे।

ख़ैर ! तो हुआ यह कि जब उस दिन रामदुलारी ने टोपी को बहुत पीटा तो टोपी तमाम ऊँचे-नीचे का विचार करने के बाद घर से भाग खड़ा हुआ। और अगर वह घर से न भागता तो शायद मैं यह जीवनी न लिखता। यह भागना उसके जीवन की महत्त्वपूर्ण घटना थी, क्योंकि इफ़्फ़न से उसकी भेंट इसी कारण हो सकी थी।

टोपी जो भागा तो घर ही से नहीं बल्कि महल्ले ही से भाग खड़ा हुआ। और महल्ले से निकलकर उसने जो पहली चीज़ देखी वह यह थी कि दो लड़के एक लड़के को मार रहे हैं। उसे इतना हिसाब मालूम था कि यदि एक में एक जोड़ा जाए तो दो बन जाते हैं। तो उसने एक में एक जोड़ दिया।

लड़ाई ख़त्म हुई तो उसका कुरता चीर-चीर हो चुका था। उसके घुटने छिल चुके थे और उसके मुँह पर नाखूनों की ख़राशें पड़ चुकी थीं। इफ़्फ़न का भी यही हाल था। परन्तु इफ़्फ़न और टोपी में एक फ़र्क था। इफ़्फ़न इकलौता बेटा था और टोपी बीच का। कहने में यह बात भयानक नहीं मालूम होती। इस दर्द को तो वही जान सकता है जो खुद दूसरा बेटा हो। सच पूछिए तो मैं यह जीवनी संसार-भर के दूसरे बेटों के लिए लिख रहा हूँ कि वे लाभ उठाएँ और अगर हो सके तो एक 'अन्तर्राष्ट्रीय दूसरा बेटा संघ' बनाकर अपने हक़ों की लड़ाई आरम्भ करें। अगर काले-गोरे, हिन्दू-मुसलमान,...ग़रज़ कि सब बराबर हैं तो दूसरा बेटा भी पहले बेटे के बराबर क्यों नहीं है। 'दूसरा बेटा रक्षा समिति' बन गई होती तो मैं यह बोरिंग जीवनी लिखने से बच गया

होता। परन्तु इस देश में जस का कोई काम तो होता ही नहीं। पशु-पक्षियों की रक्षा समितियाँ सैकड़े के हिसाब से बिक रही हैं और दूसरे बेटे मारे-मारे फिर रहे हैं। अवतारों में भी जिसे देखिए वही पहला बेटा है। किसी अवतार के सिर पर कोई बड़ा भाई हो तो बताइए ! लक्ष्मण और भरत जैसे भाई राम की छाया के बोझ-तले पिसकर रह गए। तमाम छोटे भाई सपोर्टिंग कास्ट में आ जाते हैं। आप खुद देख लीजिए कि इफ़्फ़न बड़ा बेटा था इसलिए उसे अपनी कमीज़ के फटने का कोई दुःख नहीं था। परन्तु टोपी फटे हुए कुरते को देखकर ऐसा घबराया कि कुहनियों, घुटनों और चेहरे से रिसते हुए ख़ून को भी भूल गया।

वह रोने लगा।

"बहुत चोट लगी है क्या ?"

"नहीं।" टोपी ने कहा। "ई ना देख रह्यो कि कुरता फट गया है।"

"चलो, मैं तुम्हें दूसरा कुरता पिन्हा दूँ।"

"ई तूँ कय्यसे बोल रह्यो ?"

"मैं इसी तरह बोलता हूँ।"

टोपी को यह तो मालूम था कि वह इसी तरह बोलता है। परन्तु उसे यह नहीं मालूम था कि वह इस तरह क्यों बोलता है। इस तरह तो उसकी दादी बोलती हैं। उसने सोचा कि यह लड़का भी दादी की पार्टी का मालूम होता है।

"तूँ हमरी दादी को जानथ्यो ?" उसने सवाल किया।

"न।" इफ़्फ़न ने कहा। "मैं तुम्हारी दादी को नहीं जानता।"

"त तूँ उनकी तरह काहें बोल रह्यो।"

इफ़्फ़न हँस पड़ा। "शायद तुम्हारी दादी भी लखनऊ ही की हों।"

"ई त हम्में ना मालूम।" उसने यह कह तो दिया। बात भी ख़त्म हो गई। परन्तु उसका दिल साफ़ न हुआ। सारे लखनऊ वाले दादी की पार्टी के हों तो ?

"चलो हमारे घर चलो।" इफ़्फ़न ने कहा। "तुम्हें अपनी साइकिल दिखलाएँ। वैसे तुम्हारा नाम क्या है ?"

"ई लखनऊ कहाँ है ?"

"यहाँ से दूर है।"

यह सुनकर उसको ढाँढस बँधा कि अगर लखनऊ का लखनऊ भी दादी की पार्टी का हो तो कोई फ़िक्र नहीं क्योंकि लखनऊ दूर है।

"हमारा नाम बलभद्दर नराएन।"

"मेरा नाम इफ़्फ़न है।"

"एत्ता छोटा-सा नाम है तोहरा ?"

"नहीं। यह मेरे घर का नाम है।"

टोपी यह सुनकर उदास हो गया। यानी वह इतना गया-गुज़रा था कि उसके लिए घर का कोई नाम ही नहीं रखा गया। घर के नाम तो उनके रखे जाते हैं जो ज़्यादा पुकारे

जाते हैं। टोपी पुकारा ही नहीं जाता था !

"तोहरे पास साइकिल है ?" उसने सवाल किया।

"हाँ। कल्ही तो आई है।"

"बिलकुल चमचमाती होइहे ?"

"हाँ।"

वह इफ़्फ़न के घर पहुँचा तो सन्नाटे में आ गया। उसे वह घर बहुत अजीब लगा। अजब तरह से टेढ़े-मेढ़े लोटे, अजब तरह के बरतन, अजब तरह के कपड़े—ग़रज़ कि सारा वातावरण ही अजीब था।

"यह कौन है ?" एक बूढ़ी औरत ने पूछा।

"यह जाने कौन नारायन है।"

"बलभद्दर।" टोपी ने कहा।

"किसके लड़के हो ?" एक जवान औरत ने पूछा जो इफ़्फ़न की माँ निकली।

"हम डॉक्टर भिरगु नरायन के लड़के हैं।"

"नीले तेल वाले डॉक्टर भिरगू नारायन ?" यह सवाल एक बड़े हँसमुख आदमी ने किया जो इफ़्फ़न का बाप निकला।

"हाँ।"

"इफ़्फ़न मियाँ, इन्हें कुछ खिलाइए।" उस आदमी ने कहा।

"तूँ मियाँ हौ जी?"

"मियाँ ?" इफ़्फ़न बौखला गया।

"तूँ मुसलमान हौ ?"

"हाँ।"

"औरो ई लोग ?"

"ये मेरे अब्बू हैं। ये मेरी अम्माँ हैं और ये दद्दा।"

"हम ई ना पूछ रहें।" टोपी ने कहा। "का ईहो लोग मियाँ हैं ?"

"हाँ।" इफ़्फ़न के पिता मुसकराए। "हम लोग मियाँ हैं।"

"तब हम हिआँ कुछ खा ओ ना सकते।"

"क्यों ?" सवाल इफ़्फ़न ने किया।

"हम लोग मियाँ लोगन का छूआ ना खाते।"

"मगर क्यों नहीं खाते ?"

"मियाँ लोग बहुत बुरे होवें।"

सबने कोशिश की कि वह कुछ खा ले। परन्तु वह टस-से-मस न हुआ। हाँ इफ़्फ़न की छोटी-सी साइकिल देखकर वह बहुत खुश हुआ।

"ई तूँ कहाँ से मँगये हो ?"

"मेरे चच्चू विलायत से लाए हैं।"

"बेलायत केहर है ?"

इस प्रश्न का जवाब इफ़्फ़न के पास नहीं था। परन्तु वह यह भी कहना नहीं चाहता था कि यह बात उसे नहीं मालूम। इसलिए वह सुनी-अनसुनी करके साइकिल चलाने लगा। और पहिए की निकिल की हुई तीलियाँ जो चमकीं तो खुद टोपी अपना प्रश्न भूलकर साइकिल के पीछे भागने लगा।

वे दोनों जाने कब तक यूँ ही खेलते रहते। परन्तु एक नौकर ने खेल ख़त्म कर दिया।

"छोटे सरकार, चलिए खाना खा लीजिए।"

"चलो तुम भी खा लो।" इफ़्फ़न ने टोपी से कहा।

"नाहीं। हम ना खा सकते।"

"तो मियाँ आप भी घर तशरीफ़ ले जाइए। खाने पर आपकी राह देखी जा रही होगी।" नौकर ने कहा।

"हम मियाँ ना हैं।"

नौकर इफ़्फ़न को लेकर चला गया। टोपी उस बड़े कम्पाउण्ड में अकेला रह गया जो भाँति-भाँति के फलदार पेड़ों से भरा हुआ था। वह एक पेड़ के नीचे बैठकर यह सोचने लगा कि आख़िर उसके पास भी साइकिल क्यों नहीं है। कमाल तो यह हुआ था कि मुन्नी भय्या के पास भी साइकिल नहीं। वह यह सोचकर मुसकरा दिया कि जब वह छाती तानकर मुन्नी भय्या से यह कहेगा कि उसके एक दोस्त के पास साइकिल है जो उसका चच्चू विलायत से लाया है तो मुन्नी भय्या का मुँह लटक जाएगा। परन्तु यह चच्चू क्या होता है ? अँह। कुछ होता इोइहे ! बात त है ई कि हमरे दोस्त के पास साइकिल है।—यूँ टोपी ने एक दिन चुपचाप इफ़्फ़न को अपना दोस्त मान लिया। और इस जोश में वह यह भी भूल गया कि वह घर से भाग आया है। भूख लग रही थी। वह घर की तरफ़ चल पड़ा। परन्तु जब वह घर पहुँचा तो घर में एक सनसनी फैली हुई थी। रामदुलारी के यहाँ तीसरा बच्चा हो रहा था।

"भाई होई की बहिन ?" एक नौकरानी ने पूछा।

"साइकिल ना हो सकती का ?" टोपी ने सवाल किया।

बूढ़ी नौकरानी हँसते-हँसते लोट-पोट हो गई। उसने यह बात दोनों जवान नौकरानियों को सुनाई तो वे दोनों भी जी खोलकर हँसीं। टोपी खिसिया गया।

बाद में यह बात दादी यानी सुभद्रादेवी और उसकी माँ रामदुलारी को भी सुनाई गई। रामदुलारी मुसकरा दी। सुभद्रादेवी ने नफ़ीस उर्दू में टोपी की मूर्खता का रोना रो लिया। परन्तु किसी ने यह नहीं सोचा कि टोपी को एक साइकिल की ज़रूरत है। और जब किसी ने यह नहीं सोचा तो वह इफ़्फ़न की तरफ़ खिंचने लगा।

आज्ञा हो तो यहीं इफ़्फ़न के बारे में कुछ बताता चलूँ। यह बात कहानी और जीवनी दोनों ही के नियमों के विरुद्ध है कि पाठक को अँधेरे में रखा जाए। पाठक और गाहक में फ़र्क़ होता है। लेखक और दुकानदार में अन्तर होता है। दुकानदार को अपनी चीज़ बेचनी होती है, इसलिए वह जासूसी कथाकार की तरह कुछ छिपाता है और कुछ बताता है। परन्तु लेखक के पास बेचने के लिए कोई चीज़ नहीं होती। कहानी का ताना-बाना

गफ़ हो तो पाठकों से झूठ बोलने की क्या ज़रूरत है। मैं टोपी की कहानी को जासूसी कहानी बनाए बिना ही आपको सुनाना चाहता हूँ, क्योंकि यह 'टोपी गाथा काल' है ही। यह टुच्चा युग है। छोटे लोग जन्म ले रहे हैं। सौन्दर्य पर रंग-रंग की कीचड़ है। न तो वीरों की गाथा का समय है और न शृंगार रस बाँटने का। कोई युग कलयुग नहीं होता। परन्तु टोपी-युग अवश्य आरम्भ हो गया है। इसलिए लेखक का एक कर्तव्य है कि वह अपने पाठकों से अपने युग का परिचय कराए और यह बताए कि इस भाग-दौड़ में वह ख़ुद कहाँ खड़ा है।

कृष्ण ने अर्जुन से कहा था : मैं ही सब-कुछ हूँ। मैं कृष्ण नहीं हूँ, परन्तु अपने पाठकों से कह रहा हूँ कि मैं ही टोपी हूँ और मैं ही इफ़्फ़न। मैं ही मुन्नी बाबू हूँ और मैं ही भैरव ! मैं यह युग हूँ और आपसे अपना परिचय करवा रहा हूँ।—मैं लेखक भी हूँ और पाठक भी। और मैं जो लेखक हूँ उस 'मैं' से इफ़्फ़न का परिचय कराने की आज्ञा माँग रहा हूँ जो पाठक है।

इफ़्फ़न के बारे में कुछ जान लेना इसलिए ज़रूरी है कि इफ़्फ़न टोपी का पहला दोस्त था। इस इफ़्फ़न को टोपी ने सदा इफ्फन कहा। इफ़्फ़न ने इसका बुरा माना। परन्तु वह इफ्फन पुकारने पर बोलता रहा। इसी बोलते रहने में उसकी बड़ाई थी। यह नामों का चक्कर भी अजीब होता है। उर्दू और हिन्दी एक ही भाषा, हिन्दवी के दो नाम हैं। परन्तु अब ख़ुद देख लीजिए कि नाम बदल जाने से कैसे-कैसे घपले हो रहे हैं। नाम कृष्ण हो तो उसे अवतार कहते हैं और मुहम्मद हो तो पैग़म्बर। नामों के चक्कर में पड़कर लोग यह भूल गए कि दोनों ही दूध देनेवाले जानवर चराया करते थे। दोनों ही पशुपति, गोबरधन और ब्रज-कुमार थे। इसीलिए तो कहता हूँ कि टोपी के बिना इफ़्फ़न और इफ़्फ़न के बिना टोपी न केवल यह कि अधूरे हैं, बल्कि बेमानी हैं। इसलिए इफ़्फ़न के घर चलना ज़रूरी है। यह देखना ज़रूरी है कि उसकी आत्मा के आँगन में कैसी हवाएँ चल रही हैं और परम्पराओं के पेड़ पर कैसे फल आ रहे हैं।

चार

इफ़्फ़न की कहानी भी बहुत लम्बी है। परन्तु हम लोग टोपी की कहानी कह-सुन रहे हैं। इसलिए मैं इफ़्फ़न की पूरी कहानी नहीं सुनाऊँगा बल्कि केवल उतनी ही सुनाऊँगा जितनी टोपी की कहानी के लिए ज़रूरी है।

बात यह है कि कोई कहानी कभी बिलकुल किसी एक की नहीं हो सकती। कथाकार जब यह बात भूल जाता है तो वह हीरो का क़द ऊँचा करने के लिए दूसरे चरित्रों को ऊपर या नीचे से काटना शुरू कर देता है ताकि हीरो दूर से दिखाई दे जाए। परन्तु कहानियों का चक्कर ही और होता है। कहानी कभी किसी एक की नहीं होती। कहानी सबकी होती है और फिर भी उसकी इकाई नहीं टूटती।

इस कहानी का हीरो टोपी अवश्य है। परन्तु यह कहानी या यह जीवनी केवल टोपी की नहीं है। यह कहानी इस देश, बल्कि इस संसार की कहानी का एक स्लाइस है। स्लाइस रोटी से कटकर भी रोटी ही का अंग रहता है। इसीलिए कथाकार को सावधान रहना चाहिए। वह अपनी मरज़ी से किसी को मार या जिला नहीं सकता। प्रेमचन्द अमरकान्त और सकीना की शादी नहीं करवा सके, क्योंकि वह कहानी भारतीय जीवन का एक स्लाइस है। उससे कटकर भी उसका एक अंग है। प्रेमचन्द के ज़माने में अमरकान्त और सकीना तथा विजयलक्ष्मी और सय्यद हसन का विवाह नहीं हो सकता था।

इसीलिए मैंने इसे ज़रूरी जाना कि इफ़्फ़न के बारे में आपको कुछ बता दूँ क्योंकि इफ़्फ़न आपको इस कहानी में जगह-जगह दिखाई देगा। न टोपी इफ़्फ़न की परछाईं है और न इफ़्फ़न टोपी की। ये दोनों दो आज़ाद व्यक्ति हैं। इन दोनों व्यक्तियों का डेवलपमेंट एक-दूसरे से आज़ाद तौर पर हुआ। इन दोनों को दो तरह की घरेलू परम्पराएँ मिलीं। इन दोनों ने जीवन के बारे में अलग-अलग सोचा। फिर भी इफ़्फ़न टोपी की क़हानी का एक अटूट हिस्सा है। यह बात बहुत महत्त्वपूर्ण है कि इफ़्फ़न टोपी की कहानी का एक अटूट हिस्सा है। मैं हिन्दू-मुसलिम भाई-भाई की बात नहीं कर रहा हूँ। मैं यह बेवक़ूफ़ी क्यों करूँ ! क्या मैं रोज़ अपने बड़े या छोटे भाई से यह कहता हूँ कि हम दोनों भाई-भाई हैं ? यदि मैं नहीं कहता तो क्या आप कहते हैं ? हिन्दू-मुसलमान अगर भाई-भाई हैं तो कहने की ज़रूरत नहीं। यदि नहीं हैं तो कहने से क्या फ़र्क पड़ेगा। मुझे कोई चुनाव तो लड़ना नहीं है। मैं तो एक कथाकार हूँ और एक कथा सुना रहा हूँ।

मैं टोपी और इफ़्फ़न की बात कर रहा हूँ। ये इस कहानी के दो चरित्र हैं। एक का नाम बलभद्र नारायण शुक्ला है और दूसरे का नाम सय्यद ज़रग़ाम मुरतुज़ा। एक को टोपी कहा गया और दूसरे को इफ़्फ़न।

इफ़्फ़न के दादा और परदादा बहुत प्रसिद्ध मौलवी थे। काफ़िरों के देश में पैदा हुए। काफ़िरों के देश में मरे। परन्तु वसीयत करके मरे कि लाश करबला ले जाई जाए। उनकी आत्मा ने इस देश में एक साँस तक न ली। उस ख़ानदान में जो पहला हिन्दुस्तानी बच्चा पैदा हुआ वह बढ़कर इफ़्फ़न का बाप हुआ।

इफ़्फ़न के पिता सय्यद मुरतुज़ा हुसैन भी हिन्दुओं का छुआ नहीं खाते थे। परन्तु जब वह मरे तो उन्होंने यह वसीयत नहीं की कि उनकी लाश करबला ले जाई जाए। वह एक हिन्दुस्तानी क़ब्रिस्तान में दफ़न किए गए।

इफ़्फ़न की परदादी भी हिन्दुओं का छुआ नहीं खाती थीं। बड़ी नमाजी बीबी थीं। करबला, नजफ़, खुरासान, काज़मैन और जाने कहाँ की यात्रा कर आई थीं। परन्तु जब कोई घर से जाने लगता तो वह दरवाज़े पर पानी का एक घड़ा ज़रूर रखवातीं और माश का सदक़ा भी ज़रूर उतरवातीं।

इफ़्फ़न की दादी भी नमाज़-रोजे की पाबन्द थीं, परन्तु जब इकलौते बेटे को चेचक निकली तो वह चारपाई के पास एक टाँट पर खड़ी हुईं और बोलीं : "माता मोरे बच्चे को माफ करद्यो।" पूरब की रहनेवाली थीं। नौ या दस बरस की थीं जब ब्याह कर लखनऊ आईं, परन्तु जब तक ज़िन्दा रहीं पूरबी बोलती रहीं। लखनऊ की उर्दू ससुराली थी। वह तो मायके की भाषा को गले लगाए रहीं क्योंकि इस भाषा के सिवा इधर-उधर कोई ऐसा नहीं था जो उनके दिल की बात समझता। जब बेटे की शादी के दिन आए तो गाने-बजाने के लिए उनका दिल फड़का। परन्तु मौलवी के घर गाना-बजाना भला कैसे हो सकता था ! बेचारी दिल मसोसकर रह गईं। हाँ इफ़्फ़न की छटी और फिर उसकी मुसलमानी पर उन्होंने जी भरकर जश्न मना लिया।

बात यह थी कि इफ़्फ़न अपने दादा के मरने के बाद पैदा हुआ था।

मर्दों और औरतों के इस फ़र्क को ध्यान में रखना ज़रूरी है, क्योंकि इस बात को ध्यान में रखे बग़ैर इफ़्फ़न की आत्मा का नाक-नक़शा समझ में नहीं आ सकता।

इफ़्फ़न की दादी किसी मौलवी की बेटी नहीं थीं बल्कि एक ज़मींदार की बेटी थीं। दूध-घी खाती हुई आई थीं। परन्तु लखनऊ आकर वह उस दही के लिए तरस गईं जो घी पिलाई हुई काली हाँड़ियों में असामियों के यहाँ से आया करता था। बस मायके जातीं तो लपड़-शपड़ जी भर के खा लेतीं। लखनऊ आते ही उन्हें फिर मौलविन बन जाना पड़ता। अपने मियाँ से उन्हें यही तो एक शिकायत थी कि वक़्त देखें न मौक़ा, बस मौलवी ही बने रहते हैं।

ससुराल में उनकी आत्मा सदा बेचैन रही। जब मरने लगीं तो बेटे ने पूछा कि लाश करबला जाएगी या नजफ़, तो बिगड़ गईं। बोलीं :

"ऐ बेटा जउन तूँ से हमरी लाश न सँभाली जाए त हमरे घर भेज दिहो।"

मौत सिर पर थी इसलिए उन्हें यह याद नहीं रह गया कि अब घर कहाँ है। घरवाले कराची में हैं और घर कस्टोडियन का हो चुका है। मरते वक़्त किसी को ऐसी छोटी-छोटी बातें भला कैसे याद रह सकती हैं। उस वक़्त तो मनुष्य अपने सबसे ज़्यादा खूबसूरत सपने देखता है (यह कथाकार का ख़याल है, क्योंकि वह अभी तक मरा नहीं है !) इफ़्फ़न की दादी को भी अपना घर याद आया। उस घर का नाम कच्ची हवेली था। कच्ची इसलिए कि वह मिट्टी की बनी थी। उन्हें दसहरी आम का वह बीजू पेड़ याद आया जो उन्होंने अपने हाथ से लगाया था और जो उन्हीं की तरह बूढ़ा हो चुका था। ऐसी ही छोटी-छोटी और मीठी-मीठी बेशुमार चीज़ें याद आईं। वह इन चीज़ों को छोड़कर भला करबला या नज़फ़ कैसे जा सकती थीं !

वह बनारस के 'फ़ातमैन' में दफ़न की गईं क्योंकि मुरतुजा हुसैन की पोस्टिंग उन दिनों वहीं थी। इफ़्फ़न स्कूल गया हुआ था। नौकर ने आकर ख़बर दी कि बीवी का देहान्त हो गया। इफ़्फ़न की दादी बीबी कही जाती थीं।

इफ़्फ़न तब चौथे में पढ़ता था और टोपी से उसकी मुलाक़ात हो चुकी थी।

इफ़्फ़न को अपनी दादी से बड़ा प्यार था। प्यार तो उसे अपने अब्बू, अपनी अम्मी, अपनी बाजी और छोटी बहन नुज़हत से भी था। परन्तु दादी से वह ज़रा ज़्यादा प्यार किया करता था। अम्मी तो कभी-कभार डाँट मार लिया करती थीं। बाजी का भी यही हाल था। अब्बू भी कभी-कभार घर को कचहरी समझकर फ़ैसला सुनाने लगते थे। नुज़हत को जब मौक़ा मिलता उसकी कापियों पर तसवीरें बनाने लगती थी। बस एक दादी थी जिन्होंने कभी उसका दिल नहीं दुखाया। वह रात को उसे बहराम डाकू, अनार परी, बारह बुर्ज, अमीर हमज़ा, गुलबकावली, हातिमताई, पंच फुल्ला रानी की कहानियाँ सुनाया करती थीं।

"सोता है संसार जागता है पाक परवरदिगार। आँखों की देखी नहीं कहती। कानों की सुनी कहती हूँ कि एक मुलुक में एक बादशा रहा..."

दादी की भाषा पर वह कभी नहीं मुसकराया। उसे तो अच्छी-भली लगती थी। परन्तु अब्बू नहीं बोलने देते थे। और जब वह दादी से इसकी शिकायत करता तो वह हँस पड़तीं :

"अ मोरा का है बेटा ! अनपढ़ गँवारन की बोली तूँ काहे को बोले लग्यो। तूँ अपने अब्बा ही की बोली बोलौ।" बात ख़त्म हो जाती और कहानी शुरू हो जाती :

"त ऊ बादशा का किहिस कि तुरन्ते ऐक ठो हिरन मार लिआवा...।"

यही बोली टोपी के दिल में उतर गई थी। इफ़्फ़न की दादी उसे अपनी माँ की पार्टी की दिखाई दीं। अपनी दादी से तो उसे नफ़रत थी, नफ़रत। जाने कैसी भाषा बोलती थीं। इफ़्फ़न के अब्बू और उसकी भाषा एक थी।

वह जब इफ़्फ़न के घर जाता तो उसकी दादी ही के पास बैठने की कोशिश करता। इफ़्फ़न की अम्मी और बाजी से वह बातचीत करने की कभी कोशिश ही न करता। वे दोनों अलबत्ता उसकी बोली पर हँसने के लिए उसे छेड़तीं। परन्तु जब बात बढ़ने लगती

तो दादी बीच-बचाव करवा देतीं :

"तै काहे को जाथै उन सभन के पास मुँह पिटावे को झाड़ू मारे। चल इधिर आ..." वह डाँटकर कहतीं। परन्तु हर शब्द शक्कर का खिलौना बन जाता। अमावट बन जाता। तिलवा बन जाता...और वह चुपचाप उनके पास चला जाता।

"तोरी अम्माँ का कर रहीं..." दादी हमेशा यहीं से बात शुरू करतीं। पहले तो वह चकरा जाता कि यह अम्माँ क्या होता है। फिर वह समझ गया कि माताजी को कहते हैं।

यह शब्द उसे अच्छा लगा। अम्माँ। वह इस शब्द को गुड़ की डली की तरह चुभलाता रहा। अम्माँ। अब्बू। बाजी।

फिर एक दिन ग़ज़ब हो गया।

डॉक्टर भृगु नारायण शुक्ला नीले तेल वाले के घर में भी बीसवीं सदी प्रवेश कर चुकी थी। यानी खाना मेज़-कुरसी पर होता था। लगती तो थालियाँ ही थीं परन्तु चौके पर नहीं।

उस दिन ऐसा हुआ कि बैंगन का भुरता उसे ज़रा ज़्यादा अच्छा लगा। रामदुलारी खाना परोस रही थी। टोपी ने कहा :

"अम्मी ज़रा बैंगन का भुरता।"

अम्मी !

मेज़ पर जितने हाथ थे रुक गए। जितनी आँखें थीं वे टोपी के चेहरे पर जम गईं।

अम्मी ! यह म्लेच्छ शब्द इस घर में कैसे आया, अम्मी ! परम्पराओं की दीवार डोलनें लगी। अम्मी ! धर्म संकट में पड़ गया।

"ये लफ़्ज़ तुमने कहाँ सीखा ?" सुभद्रादेवी ने सवाल किया।

"लफ़्ज़ ?" टोपी ने आँखें नचाईं। "लफ़्ज का होता है माँ ?"

"ये अम्मी कहना तुमको किसने सिखाया है ?" दादी गरज़ीं।

"ई हम इफ़्फ़न से सीखा है।"

"उसका पूरा नाम क्या है ?"

"ई हम ना जनते।"

"तैं कउनो मियाँ के लइका के दोस्ती कर लिहले बाय का रे ?" रामदुलारी की आत्मा गनगना गई।

"बहू, तुमसे कितनी बार कहूँ कि मेरे सामने गँवारों की यह ज़बान न बोला करो।" सुभद्रादेवी रामदुलारी पर बरस पड़ीं।

लड़ाई का मोरचा बदल गया।

दूसरी लड़ाई के दिन थे। इसलिए जब डॉक्टर भृगु नारायण नीले तेल वाले को यह पता चला कि टोपी ने कलेक्टर साहब के लड़के से दोस्ती गाँठ ली है तो वह अपना गुस्सा पी गए और तीसरे ही दिन कपड़े और शकर के परमिट लाए।

परन्तु उस दिन टोपी की बड़ी दुर्गति बनी। सुभद्रादेवी तो उसी वक़्त खाने की मेज

से उठ गईं और रामदुलारी ने टोपी को फिर बहुत मारा।

"तैं फिर जय्यबे ओकरा घरे ?"

"हाँ।"

"अरे तोहरा हाँ में लुकारा आगे माटी मिलऊ।"

...रामदुलारी मारते-मारते थक गई। परन्तु टोपी ने यह नहीं कहा कि वह इफ़्फ़न के घर नहीं जाएगा। मुन्नी बाबू और भैरव उसकी कुटाई का तमाशा देखते रहे।

"हम एक दिन एको रहीम कबाबची की दुकान पर कबाबो खाते देखा रहा।" मुन्नी बाबू ने टुकड़ा लगाया।

कबाब !

"राम राम राम !" रामदुलारी घिन्ना के दो क़दम पीछे हट गई। टोपी मुन्नी की तरफ़ देखने लगा। क्योंकि असलियत यह थी कि टोपी ने मुन्नी बाबू को कबाब खाते देख लिया था और मुन्नी बाबू ने उसे एक इकन्नी रिश्वत की दी थी। टोपी को यह भी मालूम था कि मुन्नी बाबू सिगरेट भी पीते हैं। परन्तु वह चुग़लख़ोर नहीं था। उसने अब तक मुन्नी बाबू की कोई बात इफ़्फ़न के सिवा किसी और को नहीं बताई थी।

"तूँ हम्में कबाब खाते देखे रह्यो ?"

"ना देखा रहा ओह दिन ?" मुन्नी बाबू ने कहा।

"तो तुमने उसी दिन क्यों नहीं बताया ?" सुभद्रादेवी ने सवाल किया।

"इ झुट्ठा है दादी !" टोपी ने कहा।

उस दिन टोपी बहुत उदास रहा। वह अभी इतना बड़ा नहीं हुआ था कि झूठ और सच के क़िस्से में पड़ता—और सच्ची बात तो यह है कि वह इतना बड़ा कभी नहीं हो सका। उस दिन तो वह इतना पिट गया था कि उसका सारा बदन दुःख रहा था। वह बस लगातार एक ही बात सोचता रहा कि अगर एक दिन के वास्ते वह मुन्नी बाबू से बड़ा हो जाता तो समझ लेता उनसे। परन्तु मुन्नी बाबू से बड़ा हो जाना उसके बस में तो था नहीं। वह मुन्नी बाबू से छोटा पैदा हुआ था और उनसे छोटा ही रहा।

दूसरे दिन वह जब स्कूल में इफ़्फ़न से मिला तो उसने उसे सारी बातें बता दीं। दोनों जुग़राफ़िया का घण्टा छोड़कर सरक गए। पंचम की दूकान से इफ़्फ़न ने केले खरीदे। बात यह है कि टोपी फल के अलावा और किसी चीज़ को हाथ नहीं लगाता था।

"अय्यसा ना हो सकता का की हम लोग दादी बदल लें।" टोपी ने कहा। "तोहरी दादी हमरे घर आ जाएँ अउर हमरी तोहरे घर चली जाएँ। हमरी दादी त बोलियो तूँहीं लोगन को बो-ल-थीं।"

"यह नहीं हो सकता।" इफ़्फ़न ने कहा। "अब्बू यह बात नहीं मानेंगे। और मुझे कहानी कौन सुनाएगा ? तुम्हारी दादी को बारह बुर्ज की कहानी आती है ?"

"तूँ हम्में एक ठो दादियों ना दे सकत्यों ?" टोपी ने खुद अपने दिल के टूटने की आवाज़ सुनी।

"जो मेरी दादी हैं वह मेरे अब्बू की अम्माँ भी तो हैं।" इफ़्फ़न ने कहा।

यह बात टोपी की समझ में आ गई।

"तुम्हारी दादी मेरी ही दादी की तरह बूढ़ी होंगी ?"

"हाँ।"

"तो फ़िकर न करो।" इफ़्फ़न ने कहा। "मेरी दादी कहती हैं कि बूढ़े लोग मर जाते हैं।"

"हमरी दादी ना मरिहे।"

"मरेगी कैसे नहीं ? क्या मेरी दादी झूठी है ?"

ठीक उसी वक़्त नौकर आया और पता चला कि इफ़्फ़न की दादी मर गईं।

इफ़्फ़न चला गया। टोपी अकेला रह गया। वह मुँह लटकाए जिमनेज़ियम में चला गया। बूढ़ा चपरासी एक तरफ़ बैठा बीड़ी पी रहा था। वह एक कोने में बैठकर रोने लगा।

शाम को वह इफ़्फ़न के घर गया तो वहाँ सन्नाटा था। घर भरा हुआ था। रोज जितने लोग हुआ करते थे उससे ज़्यादा ही लोग थे। परन्तु एक दादी के न होने से टोपी के लिए घर खाली हो चुका था— जबकि उसे दादी का नाम तक नहीं मालूम था। उसने दादी के हज़ार कहने के बाद भी उनके हाथ की कोई चीज़ नहीं खायी थी। प्रेम इन बातों का पाबन्द नहीं होता। टोपी और दादी में एक ऐसा सम्बन्ध हो चुका था जो मुसलिम लीग, कांग्रेस और जनसंघ से बड़ा था। इफ़्फ़न के दादा जीवित होते तो वह भी इस सम्बन्ध को बिलकुल उसी तरह न समझ पाते जैसे टोपी के घरवाले न समझ पाए थे। दोनों अलग-अलग अधूरे थे। एक ने दूसरे को पूरा कर दिया था। दोनों प्यासे थे। एक दूसरे की प्यास बुझा दी थी। दोनों अपने घरों में अजनबी और भरे घर में अकेले थे। दोनों ने एक-दूसरे का अकेलापन मिटा दिया था। एक बहत्तर बरस की थी और दूसरा आठ साल का।

"तौरी दादी की जगह हमरी दादी मर गई होतीं त ठीक भया होता।" टोपी ने इफ़्फ़न को पुरसा दिया।

इफ़्फ़न ने कोई जवाब नहीं दिया। उसे इस बात का जवाब आता ही नहीं था। दोनों दोस्त चुपचाप रोने लगे।

पाँच

टोपी ने दस अक्तूबर सन् पैंतालीस को क़सम खाई कि अब वह किसी ऐसे लड़के से दोस्ती नहीं करेगा जिसका बाप ऐसी नौकरी करता हो जिसमें बदली होती रहती है।

दस अक्तूबर सन् पैंतालीस का यूँ तो कोई महत्त्व नहीं, परन्तु टोपी के आत्म-इतिहास में इस तारीख़ का बहुत महत्त्व है, क्योंकि इसी तारीख को इफ़्फ़न के पिता बदली पर मुरादाबाद चले गए। इफ़्फ़न की दादी के मरने से थोड़े ही दिनों बाद यह तबादला हुआ था, इसलिए टोपी और अकेला हो गया, क्योंकि दूसरे कलेक्टर ठाकुर हरिनामसिंह के तीन लड़कों में से कोई उसका दोस्त न बन सका। डब्बू बहुत छोटा था। बीलू बहुत बड़ा था। गुड्डू था तो बराबर का, परन्तु केवल अंग्रेजी बोलता था। और यह बात भी थी कि उन तीनों को इसका एहसास था कि वे कलेक्टर के बेटे हैं। किसी ने टोपी को मुँह नहीं लगाया।

माली और चपरासी टोपी को पहचानते थे। इसलिए वह बँगले में चला गया। बीलू, गुड्डू और डब्बू उस समय क्रिकेट खेल रहे थे। डब्बू ने हिट किया। गेंद सीधी टोपी के मुँह पर आई। उसने घबराकर हाथ उठाया। गेंद उसके हाथों में आ गई।

'हाउज़ दैट।"

हेड माली अम्पायर था। उसने उँगली उठा दी। वह बेचारा केवल यह समझ सका कि जब 'हाउज़ दैट' का शोर हो तो उसे उँगली उठा देनी चाहिए।

"हू आर यू ?" डब्बू ने सवाल किया।

"बलभद्दर नराएन।" टोपी ने जवाब दिया।

"हू इज़ योर फ़ादर?" यह सवाल गुड्डू ने किया।

"भृगु नराएन।"

"ऐं।" बीलू ने अम्पायर को आवाज़ दी। "ई भिरगू नराएन कौन ऐ ? एनी ऑफ़ अवर चपरासीज़ ?"

"नाहीं साहब।" अम्पायर ने कहा, "सहर के मसहूर दागदर हैं।"

"यू मीन डॉक्टर ?" डब्बू ने सवाल किया।

"यस सर !" हेड माली को इतनी अंग्रेज़ी आ गई थी।

"बट ही लुक्स सो क्लम्ज़ी।" बीलू बोला।

"ए!" टोपी अकड़ गया। "तनी जबनिया सँभाल के बोलो। एक लप्पड़ में नाचे लगिहो।"

"ओह यू सन ऑफ़ अ डर्टी पिग।" बीलू ने हाथ चला दिया। टोपी लुढ़क गया। फिर वह गालियाँ बकता हुआ उठा। परन्तु हेड माली बीच में आ गया और डब्बू ने अपने अलसेशियन को शुशकार दिया।

पेट में सात सुइयाँ भुकीं तो टोपी के होश ठिकाने आए। और फिर उसने कलेक्टर साहब के बँगले का रुख़ नहीं किया। परन्तु प्रश्न यह खड़ा हो गया कि फिर आख़िर वह करे क्या ? घर में ले-देकर बूढ़ी नौकरानी सीता थी जो उसका दुःख-दर्द समझती थी। तो वह उसी के पल्लू में चला गया। और सीता की छाया में जाने के बाद उसकी आत्मा भी छोटी हो गई। सीता को घर के सभी छोटे-बड़े डाँट लिया करते थे। टोपी को भी घर के सभी छोटे-बड़े डाँट लियां करते थे। इसलिए दोनों एक-दूसरे से प्यार करने लगे।

"टेक मत किया करो बाबू !" एक रात जब मुन्नी बाबू और भैरव का दाज करने पर वह बहुत पिटा तो सीता ने उसे अपनी कोठरी में ले जाकर समझाना शुरू किया।

बात यह हुई कि जाड़ों के दिन थे। मुन्नी बाबू के लिए कोट का नया कपड़ा आया। भैरव के लिए भी नया कोट बना। टोपी को मुन्नी बाबू का कोट मिला। कोट बिल्कुल नया था। मुन्नी बाबू को पसन्द नहीं आया था। फिर भी बना तो था उन्हीं के लिए। था तो उतरन। टोपी ने वह कोट उसी वक़्त दूसरी नौकरानी केतकी के बेटे को दे दिया। वह खुश हो गया। नौकरानी के बच्चे को दे दी जानेवाली चीज़ वापस तो ली नहीं जा सकती थी, इसलिए तय हुआ कि टोपी जाड़ा खाए।

"हम जाड़ा-ओड़ा ना खाएँगे। भात खाएँगे।" टोपी ने कहा।

"तुम जूते खाओगे।" सुभद्रादेवी बोलीं।

"आपको इहो ना मालुम की जूता खाया ना जात पहिना जात है।"

"दादी से बदतमीज़ी करते हो।" मुन्नी बाबू ने बिगड़कर कहा।

"त का हम इनकी पूजा करें।"

फिर क्या था ! दादी ने आसमान सिर पर उठा लिया। रामदुलारी ने उसे पीटना शुरू किया...

"तूँ दसवाँ में चहुँप गइल बाड़।" सीता ने कहा। "तूँ हें दादी से टर्राव के त ना न चाही। किनों ऊ तोहार दादी बाड़िन।"

सीता ने तो बड़ी आसानी से कह दिया कि वह दसवें में पहुँच गया है। परन्तु यह बात इतनी आसान नहीं थी। दसवें में पहुँचने के लिए उसे बड़े पापड़ बेलने पड़े। दो साल तो वह फ़ेल ही हुआ। नवें में तो वह सन् उनचास ही में पहुँच गया था। परन्तु दसवें में वह सन् बावन में पहुँच सका।

जब वह पहली बार फेल हुआ तो मुन्नी बाबू इण्टरमीडिएट में फ़र्स्ट आए और भैरव छठे में। सारे घर ने उसे ज़बान की नोक पर रख लिया। वह बहुत रोया। बात यह नहीं

थी कि वह गाउदी था। वह काफ़ी तेज़ था। परन्तु उसे कोई पढ़ने ही नहीं देता था। वह जब पढ़ने बैठता तो मुन्नी बाबू का कोई काम निकल आता, या रामदुलारी को कोई ऐसी चीज़ मँगवानी पड़ जाती जो नौकरों से नहीं मँगवाई जा सकती थी—यह सब-कुछ न होता तो पता चलता कि भैरव ने उसकी कापियों के हवाई जहाज़ उड़ा डाले हैं।

दूसरे साल उसे टाइफ़ाइड हो गया।

तीसरे साल वह थर्ड डिवीज़न में पास हो गया। यह थर्ड डिवीजन कलंक के टीके की तरह उसके माथे से चिपक गया।

परन्तु हमें उसकी मुश्किलों को भी ध्यान में रखना चाहिए।

सन् उनचास में वह अपने साथियों के साथ था। वह फ़ेल हो गया। साथी आगे निकल गए। वह रह गया। सन् पचास में उसे उसी दर्जे में उन लड़कों के साथ बैठना पड़ा जो पिछले साल आठवें में थे।

पीछे वालों के साथ एक ही दर्जे में बैठना कोई आसान काम नहीं है। उसके दोस्त दसवें में थे। वह उन्हीं से मिलता, उन्हीं के साथ खेलता। अपने साथ हो जानेवालों में से किसी के साथ उसकी दोस्ती न हो सकी। वह जब भी क्लास में बैठता उसे अपना बैठना अजीब लगता। इस पर सितम यह हुआ कि कमज़ोर लड़कों को मास्टरजी समझाते तो उसकी मिसाल देते :

"क्या मतलब है साम अवतार (या मुहम्मद अली) ? बलभद्र की तरह इसी दर्जे में टिके रहना चाहते हो क्या ?"

यह सुनकर सारा दर्जा हँस पड़ता। हँसनेवाले वे होते जो पिछले साल आठवें में थे।

वह किसी-न-किसी तरह इस साल को झेल गया। परन्तु जब सन् इक्यावन में भी उसे नवें दर्जे में ही बैठना पड़ा तो वह बिलकुल गीली मिट्टी का लौंदा हो गया, क्योंकि अब तो दसवें में भी कोई उसका दोस्त नहीं रह गया था। आठवें वाले दसवें में थे। सातवें वाले उसके साथ ! उनके बीच में वह अच्छा-ख़ासा बूढ़ा दिखाई देता था।

वह अपने भरे-पूरे घर ही की तरह अपने स्कूल में भी अकेला हो गया था। मास्टरों ने उसका नोटिस लेना बिलकुल ही छोड़ दिया था। कोई सवाल किया जाता और जवाब देने के लिए वह भी हाथ उठाता तो कोई मास्टर उससे जवाब न पूछता। परन्तु जब उसका हाथ उठता ही रहा तो एक दिन अंग्रेज़ी-साहित्य के मास्टर साहब ने कहा :

"तीन बरस से यही किताब पढ़ रहे हो, तुम्हें तो सारे जवाब ज़बानी याद हो गए होंगे ! इन लड़कों को अगले साल हाईस्कूल का इम्तहान देना है। तुमसे पारसाल पूछ लूँगा।"

टोपी इतना शर्माया कि उसके काले रंग पर लाली दौड़ गई। और जब तमाम बच्चे खिलखिलाकर हँस पड़े तो वह बिलकुल मर गया। जब वह पहली बार नवें में आया था तो वह भी इन्हीं बच्चों की तरह बिलकुल बच्चा था।

फिर उसी दिन अब्दुल वहीद ने रिसेज़ में वह तीर मारा कि टोपी बिलकुल बिलबिला उठा।

वहीद क्लास का सबसे तेज़ लड़का था। मानीटर भी था। और सबसे बड़ी बात यह है कि वह लाल तेल वाले डॉक्टर शरफ़ुद्दीन का बेटा था।

उसने कहा, "बलभद्दर ! अबे तो हम लोगन में का घुसता है। एट्‌थ वालन से दोस्ती कर। हम लोग तो निकल जाएँगे, बाकी तुहें त उन्हीं सभन के साथ रहे को हुइहै।"

यह बात टोपी के दिल के आर-पार हो गई और उसने क़सम खाई कि टाइफ़ाइड हो या टाइफ़ाइड का बाप, उसे पास होना है।

परन्तु बीच में चुनाव आ गए।

डॉक्टर भृगु नारायण नीले तेल वाले खड़े हो गए। अब जिस घर में कोई चुनाव के लिए खड़ा हो गया हो उसमें कोई पढ़-लिख कैसे सकता है !

वह तो जब डॉक्टर साहब की ज़मानत ज़ब्त हो गई तब घर में ज़रा सन्नाटा हुआ और टोपी ने देखा कि इम्तहान सिर पर खड़ा है।

वह पढ़ाई में जुट गया। परन्तु ऐसे वातावरण में कोई पढ़ क्या सकता था ? इसलिए उसका पास ही हो जाना बहुत था।

"वाह !" दादी बोलीं। "भगवान् नज़रे-बद से बचाय। रफ़्तार अच्छी है। तीसरे बरस तीसरे दर्जे में पास तो हो गए।"

"जबकि शरफ़ुआ का बेटा फ़र्स्ट आया है।" डॉक्टर साहब ने कहा। (वह डॉक्टर शरफ़ुद्दीन को शरफ़ुआ ही कहा करते थे।)

उसे अब्दुल वहीद से नफ़रत हो गई। फ़र्स्ट आने में उसका कोई क़ुसूर नहीं था। टोपी के थर्ड आने में भी उसका कोई हाथ नहीं था। परन्तु जिस तरह वहीद से उसकी तुलना की गई थी वह बड़ी ही कड़ी चीज़ निकली।

उन्हीं दिनों वह कुछ नए लोगों से भी मिला। ये लोग सवेरे-सवेरे लड़ाकों को इकट्‌ठा करके लकड़ी सिखलाते, कुश्ती लड़वाते, परेड करवाते और उनसे बातें करते।

टोपी अचानक उनके पास चला गया। हाथों-हाथ लिया गया। फिर जब उसे यह पता चला कि यह वह पार्टी है जिसने गांधीजी को मारा है तो उसे बड़ा डर लगा। परन्तु वह उन लोगों से मिलता रहा।

उन्हीं लोगों से उसे पहले-पहल यह पता चला कि मुसलमानों ने किस तरह देश का सत्यानाश किया है। देश-भर में जितनी मसजिदें हैं वे मन्दिरों को तोड़कर बनाई गई हैं (टोपी को यह बात मानने में ज़रा शक था, क्योंकि शहर की दो नसजिदें तो उसके सामने बनी थीं और कोई मन्दिर-वन्दिर नहीं तोड़ा गया था।) गोहत्या तो मुसलमानों का ख़ास शग़ल है। फिर उन्होंने देश का बँटवारा करवाया। पंजाब और बंगाल में लाखों हिन्दू बूढ़ों और बच्चों को उन्होंने बेदर्दी से मारा। औरतों की लाज लूटी और क्या-क्या नहीं किया इन मुसलमानों ने ! ये जब तक देश में हैं देश का कल्याण नहीं हो सकता। इसलिए मुसलमानों को अरब सागर में ढकेल देना हर हिन्दू नवयुवक का कर्तव्य है।

ये तमाम बातें दिल लगती थीं। इन बातों के बीच में कई बार उसे इफ़्फ़न याद आया। परन्तु जब वहीद फ़र्स्ट आ गया तो उसे यक़ीन आ गया कि मुसलमान जब तक

हैं तब तक हिन्दू चैन की साँस नहीं ले सकता।

तो एक सच्चे भारतीय और एक सच्चे हिन्दू की तरह वह मुसलमानों से नफ़रत करने लगा।

और जब जुलाई सन् बावन में वह स्कूल गया तो वह जनसंघी हो गया। इसलिए जब सीता ने उसे यह ताना दिया कि वह दसवें में पढ़ता है तो वह बिलबिला गया। बोला :

"दादी मियाँ लोगन की भाषा बोलती हैं। हम्में त ई जना रहा कि ऊहो मुसलमान हो गई हैं।"

छह

इफ़्फ़न की ज़िन्दगी ने बिलकुल दूसरे रास्ते पर सफ़र किया। राजनीति में उसे कोई दिलचस्पी नहीं थी। फिर भी घर में जो बातें होती थीं वह उन्हें सुनता तो था ही। और चाहे उसे केवल 'स्पोर्ट्स पेज' ही में दिलचस्पी रही हो परन्तु उसे उस पन्ने के लिए पूरा समाचारपत्र हाथ में तो लेना ही पड़ता था।

उसने जो कुछ सुना और समाचारपत्रों में जो कुछ पढ़ा वह रोंगटे खड़े कर देने के लिए काफ़ी था। वह साहित्य का रसिया था। वामिक जौनपुरी, साहिर लुधियानवी, अली सरदार जाफ़री और दूसरे कवियों की कविताओं और कृश्नचन्दर, अब्बास और दूसरे कथाकारों की कहानियों ने उससे कहा कि इस आज़ादी में कोई धपला है।

कौन आज़ाद हुआ
किसके माथे से गुलामी की स्याही छूटी।
अब यह पंजाब नहीं एक हसीं ख़ाबनीं।
अब यह दोआब है, सेह आग हैं पंजाबनी ॥
जामा मसजिद में अल्लाह की जात थी।
चाँदनी चौक में रात ही रात थी ॥
आस कच्चे घड़े की तरह बह गई।
सोहनी बीच तूफ़ान में रह गई ॥
अज आखां वारिस शाह नूँ।
कितों कबरां विच्चो बोल ॥
ते अज किताबे-इश्क दा।
कोई अगला वरका खोल ॥

ते अज किताबे-इश्क दा कोई अगला वरका खोल ! और 'किताबे-इश्क' के पन्ने तूफ़ानी हवाओं में बिखर गए थे, लाश बनकर सड़ रहे थे और चीख़ बनकर गूँज रहे थे। पेशावर एक्सप्रेस में लाशों को गिन रहे थे। एक तवायफ़ का ख़त बनकर पण्डित नेहरू और मुहम्मद अली जिनाह को ढूँढ़ रहे थे...

"सिक्खों ने तो ग़ज़ब कर दिया। बच्चियों को किरपानों पर उछाल दिया। एक तेरह बरस की लड़की के साथ बीस सिक्खों ने ज़िना किया। वह बेचारी कहीं बीच ही में मर गई..."

अब्बू के कमरे से आवाज़ें आ रही थीं और वह दालान में बैठा ख़्वाजा अहमद अब्बास की कहानी 'सरदारजी' पढ़ रहा था...

"मिशटेक हो गई।" ख़्वाजा साहब ही की किसी और कहानी की आवाज़ गूँजी।

परन्तु किससे मिसटेक हो गई ? इस प्रश्न का जवाब कोई नहीं देता था। चौदह-पन्द्रह बरस की एक कच्ची आत्मा इन सवालों के जंगल में भटक रही थी। ढाके से पेशावर तक ज़िन्दगी के खलियानों में आग लगी हुई थी। कटी हुई फ़सलें भी जल रही थीं। खड़ी हुई फ़सलें भी जल रही थीं। ज़मीन से आसमान तक गाढ़ा कड़वा धुआँ अटा हुआ था। इतनी जगह नहीं थी कि भीतर की साँस बाहर आ जाए।

"अब्बू, क्या यह हिन्दू बहुत ख़राब होते हैं ?" एक दिन उसने अपने अब्बू से पूछा। "और यह सिख तो बहुत ही ज़लील मालूम होते हैं।"

तब उसे यह नहीं मालूम था कि पूरबी और पच्छिमी पाकिस्तान के हिन्दू और सिख भी अपने अब्बुओं से मुसलमानों के बारे में यही सवाल कर रहे होंगे !

उसका प्रश्न बहुत सीधा-सादा था। परन्तु उसके अब्बू सीधा-सादा जवाब न दे पाए। समाचारपत्र कुछ कहते थे, आत्मा कुछ कहती थी—और अटा हुआ धुआँ गला अलग घोंट रहा था।

फिर भी कोई जवाब तो देना ही था।

"नहीं बेटा !" अब्बू ने कहा। "गुण्डे हिन्दू-मुसलमान नहीं होते।"

"लेकिन..."

"मैं भी जानता हूँ कि क्या हो रहा है।" अब्बू ने बहुत खुरदरे लहजे में उसकी बात काटी। इफ़्फ़न हैरान रह गया। उसके अब्बू तो सदा मुस्कराया करते थे। यह आख़िर हो क्या गया है ? यह आख़िर हो क्या रहा है ?

"डाँटने की क्या ज़रूरत है ?" अम्मी ने कहा, "हाँ बेटा, यह हिन्दू और सिख बड़े कमीने होते हैं।"

"क्यों ?" इफ़्फ़न ने सवाल किया। अम्मी चकरा गईं। "और आख़िर अल्लाह मियाँ ने इतनी ख़राब तक़दीरें क्यों लिखीं आख़िर ?"

"गुनाहों का फल है बेटा !" अम्मी ने कहा।

"उन बच्चों ने क्या गुनाह किया होगा ?"

"अच्छा ज़्यादा बको मत।" अम्मी भी ख़फ़ा हो गईं।

उस दिन पहली बार उसकी निगाहों में अल्लाह मियाँ की इज़्ज़त कुछ कम हुई। यह तो कोई बात न हुई कि गुनाह करें बड़े और उसे भुगतें बच्चे !

यह शक बड़ा भयानक था। इस शक ने उसे एकदम से निहत्था कर दिया। अल्लाह मियाँ हिन्दुओं और सिखों से मिल गए हैं।

उस रात उसने एक ख़्वाब देखा कि अल्लाह मियाँ की सफ़ेद दाढ़ी खून से लाल है और वह हिन्दुओं और सिखों की एक सभा में भाषण कर रहे हैं...

"यह मुसलमान बच्चा यहाँ कहाँ से आ गया ?" अल्लाह मियाँ ने उसकी तरफ़

इशारा किया। “इसे भी मार डालो।”

यह सुनते ही सारा मजमा उसकी तरफ़ लपका। वह भागा। दूसरी तरफ से एक बूढ़े सरदारजी आ रहे थे। इफ़्फ़न समझा कि अब मारा गया। परन्तु उन सरदारजी ने उसे जल्दी से अपने साफ़े में छिपा लिया। मजमे ने उन्हें घेर लिया। एक ने तलवार मारी। सरदारजी की गरदन कट गई। लुढ़कता हुआ सिर एक तरफ़ भागा। भीड़ ने उस सिर का पीछा किया। सिर एक सभा में घुस गया। एक बूढ़ा आदमी एक बूढ़ी ऐनक लगाए आधे बदन से नंगा बैठा कुछ कह रहा था। सिर उसके पीछे चला गया। एक आदमी ने गोली चलाई। बूढ़ी ऐनक वाला आदमी मर गया।

सरदारजी का सिर फिर भागा।

किताबों की एक दुकान में आग लगी हुई थी। जवाहरलाल नेहरू अपनी किताब की आग की रोशनी में अजीब लग रहे थे। उस सिर ने कहा :

“असी अहमद अब्बास दा सरदारजी हों। ऐ लो ! तुसी अपनी अमानत सँभालो...”

साफ़ा खुल गया। इफ़्फ़न उछलकर पण्डितजी की जवाहर बण्डी की जेब में चला गया।

“तुम कौन हो ?” जवाहरलाल ने पूछा।

“मैं इफ़्फ़न हूँ।”

“नहीं।” जवाहर ने कहा। “तुम भारत हो। मैंने तुम्हें आज फिर पाया है। मैं फिर तुम पर एक किताब लिखूँगा।”

भीड़ फिर आ गई। सारे हिन्दू और सिख जिन्ना कैप लगाए हुए थे। कई ने तुरकी टोपियाँ भी पहन रखी थीं। कई की शेरवानियों के कालर से खजूर का एक पेड़ झाँक रहा था !

जवाहरलाल ने भीड़ को देखा। गुस्से से उनका मुँह लाल हो गया। वह इफ़्फ़न को लिए हुए किताबों के अलाव में फाँद पड़े। इफ़्फ़न चीखा।

उसकी आँख खुल गई।

जो बच्चे गिरती दीवारों की छाँव में जवान हुए हैं उनकी कहानी बड़ी अजीब है।

इफ़्फ़न की आँख खुली तो उसकी आत्मा अपने खोल में घुस गई।

वह रोज़ की तरह उठा। उसने रोज़ की तरह हाथ-मुँह धोकर माँ-बाप को सलाम किया। उसे रोज़ ही की तरह जीने की दुआ मिली। वह रोज़ ही की तरह स्कूल गया। परन्तु स्कूल के लोग उसे अजीब-अजीब दिखाई देने लगे। उसे लगा कि बाबू त्रिवेणी नारायण ने उसे ज़ोर से मारा और लक्ष्मण को धीरे से—जबकि दोनों की ख़ता एक थी ! उसे लगा कि चौधरीजी ने उसके मुक़ाबले में रामदास को एक सवाल ज़्यादा जी लगाकर समझाया।...

स्कूल के सारे दोस्त उसे अजनबी दिखाई देने लगे। उसने अपने-आपको बिलकुल अकेला पाया। उसे अपने कन्धों पर शेरवानी भारी लगने लगी। उस दिन उसने चुपके से क़सम खाई कि वह ज़िन्दगी-भर शेरवानी ही पहना करेगा।

खेल के घण्टे में फुटबाल हुआ। इफ़्फ़न अच्छा खेलता था। दूसरी तरफ़ के स्टापर ने टाँग मारी। इफ़्फ़न लुढ़क गया। यह कोई ख़ास बात नहीं हुई थी। मगर इस बार उसे बहुत गुस्सा आया। उसने फ़ौरन ही बदला लिया। वह लड़का गिर गया। मास्टर साहब ने उसे बहुत डाँटा। वह फ़ील्ड से निकाल दिया गया। सारे लड़के खेल रहे थे। वह अकेला बाहर खड़ा था और सोच रहा था कि यदि वह मुसलमान न रहा होता तो मास्टर साहब ने उसे यूँ न निकाला होता।

उस शाम वह घर पहुँचा तो उसकी माँ ने देखा कि वह बहुत उदास है। माँ ने उसका प्यार लिया। दिल्ली से मामू जो हबशी हलवा लाए थे वह हलवा इफ़्फ़न को दिया गया। मगर उसके चेहरे पर रंग नहीं आया।

"क्या बात है मियाँ ?" दिल्ली वाले मामू ने पूछा।

"कुछ नहीं।"

"मालूम होता है कि आज स्कूल में पिटे हो।" मामू ने क़हक़हा लगाया।

"पाकिस्तान तो मुसलमानों ने बनवाया है ना ?" उसने प्रश्न किया।

"नहीं।" मामू बोले। "पाकिस्तान अंग्रेज़ों ने बनवाया है।"

"एक आप ही यह कहते हैं।" वह बोला। "मैं यह कहता हूँ कि जब मुसलमानों ने पाकिस्तान बनवा लिया है तो आख़िर हम यहाँ क्या कर रहे हैं ? अब्बू, आप पाकिस्तान क्यों नहीं चलते ?"

"आप इन बातों पर सोचकर अपना वक़्त क्यों ख़राब करते हैं ?" अब्बू ने कहा।

"हिन्दू मास्टर हमें जी लगाकर नहीं पढ़ाते।" उसने कहा। "हिन्दू लड़के हमें परेशान करते हैं। परसों भवानी की मिठाई में मेरा हाथ लग गया तो उसने मिठाई फेंक दी और बोला, 'ए मियाँ इ पाकिस्तान ना है'।"

"यह बताओ कि तुम जो नाना साहब के वहाँ गए थे तो गौरीशंकर साहब ने क्या तुम्हें प्यार नहीं किया था ?" मामू ने पूछा।

"किया था।"

"तो क्या वह हिन्दू नहीं हैं ?"

"तुम्हारे नाना मियाँ हिन्दुओं का छुआ नहीं खाते तो क्या गौरीशंकर चा से उनकी दोस्ती नहीं है ?"

"है मगर..."

"यूँ ही अगर तुम्हारे दोस्त भवानी ने तुम्हारा छुआ नहीं खाया तो तुम उसे अपना दुश्मन क्यों समझ बैठे ?"

"इसलिए कि उसने पाकिस्तान वाली बात जो कही थी।"

"कोई कहे कि कव्वा कान ले भागा तो तुम क्या करोगे ? कान देखोगे या कव्वे के पीछे भागोगे ? तुमने बनाया है पाकिस्तान ?"

"जी नहीं।"

"फिर तुम क्यों ख़फ़ा होते हो ?"

बात इफ़्फ़न की समझ में आ गई। मगर वह बेनाम डर फिर भी नहीं मिटा। वह स्कूल जाता रहा। परन्तु धीरे-धीरे अपने हिन्दू दोस्तों से बिछुड़ता रहा। शंकर, रामदीन, प्रभू, भवानी, सीताराम...उसने इनमें से किसी को अपने पास नहीं पाया। अब उसके चारों तरफ़ वाजिद, मुहिब्बुल हसन, सरवर...दूसरे तरह के नाम थे। पुराने साथियों में मुजाविर और जमाल के सिवा और कोई साथ नहीं था।

इस परिवर्तन को किसी ने महसूस नहीं किया। मास्टर पढ़ाते रहे। लड़के पढ़ते रहे। मास्टरों ने यह जानने की ज़रूरत ही नहीं समझी कि यह देखें कि अब लड़कों की दोस्ती का आधार क्या है।

लड़कों ने भी इस पर विचार नहीं किया कि पुराने मित्रों से अलगाव क्यों हो गया है और उन लड़कों से दोस्ती क्यों हो गई है जो पहले दोस्त नहीं थे।

उर्दू के मौलवी साहब ने अलबत्ता यह बात महसूस की कि उर्दू का क्लास छोटा हो गया है—और अब कोई हिन्दू लड़का उर्दू नहीं पढ़ता।

एक दिन उन्होंने अपनी बीवी से कहा, "अगर यही रफ़तार रही तो उर्दू की पढ़ाई खत्म हो जाएगी।"

"तो आख़िर हम पाकिस्तान क्यों नहीं चलते ?" बीवी ने पूछा।

"दो साल के बाद रिटायर होना है।" मौलवी साहब ने कहा, "ज़िन्दा तो यहाँ रहा। अब मरने के लिए वहाँ क्या जाऊँ !"

"जब देखो मरने-जीने की बात करने लगते हो।" बीवी बिगड़ गईं। "दो लड़कियाँ पहाड़ की पहाड़ बैठी हैं। क्या इनका अचार डालना है।"

"मैंने भाई कलीमुल्ला को लिखा तो है। कराची में तो मुसलमान लड़कों की इफ़रात है।..."

अब जिन मौलवी साहब की आत्मा पर दो जवान बेटियों के कुँवारेपन का बोझ हो वह ग़ालिब का प्रेम-काव्य भला क्या पढ़ा सकते थे :

मगर जब वह हाज़िरी लेने लगते तो उदास हो जाते। मुहम्मद हनीफ़, अकरमुल्ला, बदरुल हसन, नजफ़ अब्बास, बक़ाउल्ला, मुहम्मद उमर सिद्दीक़ी, हिज़ब्र अली ख़ाँ तोख़ी...एक ही तरह के नाम पुकारते-पुकारते वह बोर हो जाते। कहाँ गए वह आशाराम, नरबदाप्रसाद, मातादीन, गौरीशंकर सिन्हा, माधोलाल अगरवाल, मसीह पीटर, रौनक़ लाल...

यह जानकर उन्हें और दुःख हुआ कि हिन्दी के पण्डितजी का रजिस्टर अब भरपूर होता जा रहा है। नामों की रंगारंगी उनके रजिस्टर को छोड़कर पण्डितजी के रजिस्टर में बसती जा रही है।

वह उन पण्डितजी से जलने लगे जिन्होंने उनका खज़ाना हथिया लिया था। इसलिए वह हिन्दी की बुराई करने लगे :

"लाहौलविला क़ुव्वत। क्या लग्व ज़बान है। दो लफ़्ज बोलो तो ज़बान बेचारी हाँफने लगती है।"

जब पण्डितजी तक ये बातें पहुँचीं तो उन्हें बहुत बुरा लगा। वह अच्छी उर्दू, फ़ारसी

जानते थे। मगर मौलवी साहब की ज़िद में उन्होंने उर्दू बोलना छोड़ दिया। हिन्दी बोलने में उन्हें कठिनाई होती। परन्तु वह हिन्दी ही बोलने लगे। उर्दू-फ़ारसी के जो शब्द उनकी ज़बान पर चढ़े हुए थे उन्हें कोशिश करके उन्होंने भुला दिया।

यह तनातनी इतनी बढ़ी कि स्कूल के सालाना मुशायरे की कमेटी में मौलवी साहब ने पण्डितजी का नाम नहीं रखा। मुशायरा हुआ। परन्तु लड़कों ने बहुत शोर किया। फिर पण्डितजी ने मुशायरे की चोट पर कवि-सम्मेलन किया। शहर का पहला कवि-सम्मेलन हुआ। परन्तु बाद में पण्डितजी ने अपने एक दोस्त मौलवी अहमदुल्ला एडवोकेट से कहा : "मुशायरे वाली बात पैदा न हुई।"

मौलवी अहमदुल्ला, जो ज़िला कांग्रेस कमेटी के सदर थे और ज़िला मुसलिम लीग के सदर रह चुके थे, बोले :

"पण्डितजी, रवायतें एक दिन में नहीं बनतीं। थोड़े दिनों में लोग मुशायरों को भूल जाएँगे।"

पण्डितजी को यह बात अच्छी नहीं लगी, परतु वह चुप रह गए। और मौलवी अहमदुल्ला साहब ने घर जाते-जाते यह फ़ैसला कर लिया कि वह अपने छोटे बेटे क़ुरबानअली और बेटी आएशबानो को हिन्दी पढ़वाएँगे क्योंकि उर्दू का भविष्य तारीक है।

उसी रात इफ़्फ़न ने अपनी अम्मी को जब एक कविता सुनाई जिसकी सम्मेलन में बड़ी तारीफ़ हुई थी तो अम्मी मुसकराकर बोलीं :

"भाड़ में जाए यह ज़बान। यह ज़बान है मुई ! इससे अच्छी ज़बान तो हमारे वोहाँ की मेहतरानियाँ बोलती हैं।"

"अब यही ज़बान चलेगी।" अब्बू बोले जो ज़िलाधीश होने के नाते सम्मेलन में गए थे। वह न जाते तो शहर के लोग कहते कि मुसलमान कलेक्टर था, इसलिए नहीं आया।

"यह ज़बान क्यों चलेगी अब्बू ?"

"जब तुम और बड़े हो जाओगे तो समझ जाओगे।"

"यह ज़बान क्या इसलिए चलेगी कि यह हिन्दुओं की है ?"

"यह तुम हर वक़्त हिन्दू-मुसलमान क्या करते हो ?" अब्बू ने फिर डाँट दिया।

वह कई बरसों से यह देख रहा था कि उसके अब्बू चिड़चिड़े हो गए हैं। परन्तु उसकी समझ में यह नहीं आता था कि ऐसा आख़िर हो क्यों गया है।

परन्तु ऐसा हो गया था।

सात

यह जो मैं बार-बार इफ़्फ़न की बात करने लगता हूँ तो इससे आप यह न समझिए कि यह कहानी टोपी और इफ़्फ़न दोनों की है। जी नहीं। यह कहानी केवल टोपी की है। परन्तु बार-बार इफ़्फ़न की आत्मा में झाँकना ज़रूरी है, क्योंकि देश में जो परिवर्तन हो रहा है उसे केवल टोपी की खिड़की से नहीं देखा जा सकता। इफ़्फ़न भी टोपी ही का एक रूप है। इस टोपी के बेशुमार रूप हैं। बंगाल, पंजाब, यू.पी., आन्ध्र, असम...सारे देश में यह टोपी अपनी समस्याओं का कशकोल लिए विचारधाराओं, फ़लसफ़ों, राजनीतियों...के दरवाज़े खटखटा रहा है। परन्तु कोई इसे सहारा नहीं देता। मैं इस कहानी को इतना नहीं फैला सकता कि इसमें टोपी के तमाम रूप समा जाएँ। इसलिए मैंने केवल दो रूप चुन लिए हैं।

टोपी के ये रूप एक-दूसरे से टकराते भी हैं और एक-दूसरे के बिना अधूरे भी हैं। टोपी—या टोपियों के सामने प्रश्न मिरियास का है। परम्पराएँ, मुहब्बतें, नफ़रतें, भरोसे, शक और डर...

कबीर से लेकर गोलवलकर, और खुसरू से लेकर सदर अय्यूब तक। और खुसरू और कबीर से पहले जो कुछ था। और गोलवलकर और अय्यूब के बाद जो कुछ होगा। टोपी इस जानलेवा भँवर के बीच में है।

टोपी हर युग में जानलेवा भँवर की गोद में जन्म लेता है। वह हर युग में गिरती दीवारों की छाँव में पैदा होता है और अपने बदन की धूल साफ़ करने में उसे काफ़ी दिन लग जाते हैं। और इन दिनों वह बिलकुल अकेला और बेसहारा होता है। उसकी भाषा कोई नहीं समझता। परन्तु हम जिस टोपी का पीछा कर रहे हैं वह हर युग के टोपी से मुश्किल सवाल है। आज हम उसकी कोई तारीफ़ नहीं कर सकते।

हर टोपी आज जनसंघी, मुसलिम लीगी, कांग्रेसी और कम्युनिस्ट सभी कुछ है। आज उसका वक्तव्य टुकड़े-टुकड़े है। और उसका हर टुकड़ा एक नई भाषा बोल रहा है—और अलग तरीक़े से सोच रहा है। इसीलिए हमें बार-बार इफ़्फ़न का मुँह देखना पड़ता है।

इफ़्फ़न जवान हुआ तो उसके पास कोई ख़्वाब नहीं था। वह पढ़ता रहा। एक दरजे से दूसरे दरजे में जाता रहा। परन्तु उसे यह नहीं मालूम था कि उसे करना क्या है। आई.ए.एस. और आई.एफ़.एस. में बरसों से किसी मुसलमान का नाम नहीं निकला था। इफ़्फ़न ने यह नहीं सोचा कि बहुत से हिन्दुओं का नाम भी नहीं निकला है। वह इन

इम्तहानों में बैठा ही नहीं। और जब उसे रातें आँखों में काटने के बाद भी कोई ख़्वाब नहीं मिला तो उसने दाढ़ी रख ली। अल्लाह मियाँ की तरफ़ से उसका दिल साफ़ हुआ था। परन्तु वह एक सहमी हुई नस्ल का प्रतिनिधि था, इसलिए वह नमाज़ पढ़ने लगा।

पिता के मर जाने के बाद उस पर छोटे भाई-बहनों का बोझ आ पड़ा। बाजी तो अपने मियाँ के साथ पाकिस्तान जा चुकी थीं। इसे बार-बार बुला भी रही थीं। परन्तु इफ़्फ़न पाकिस्तान नहीं गया। वह डरा हुआ था। परन्तु वह अपने डर को जीतना चाहता था।

एक डिगरी कॉलेज में उसे इतिहास पढ़ाने की नौकरी मिल गई। वह बहुत खुश हुआ। उसने पहले क्लास की बड़ी तैयारी की। परन्तु जब वह क्लास गया तो उसने देखा कि बुझी हुई आँखों वाले लड़के लाशों की तरह बैठे हुए हैं। किसी आँख की खिड़की से कोई आत्मा नहीं झाँक रही थी। आँखें झपक रही थीं। मालिक-मकान जैसे घबराहट में भागते समय खिड़कियाँ बन्द करना भूल गया था। और खिड़कियाँ हवा से खुल रही थीं और बन्द हो रही थीं। बन्द हो रही थीं और खुल रही थीं। शीशे टूट रहे थे। किवाड़ बरसात झेलते-झेलते अधमुए हो गए थे।

इफ़्फ़न क्लास को देखकर काँप उठा।

इन लड़कों को क्या बतलाया जाए ? इनकी समझ में यह बात कैसे आएगी कि दो नदियाँ तीन नहीं हो जातीं—एक हो जाती हैं। इन लड़कों को यह कैसे बतलाया जाए कि इतिहास अलग-अलग बरसों या क्षणों का नाम नहीं है बल्कि इतिहास नाम है समय की आत्मकथा का। पानीपत की लड़ाइयाँ, या बक्सर की जंग या प्लासी का युद्ध तो इस नदी के बुलबुले हैं।...

मुसलिम राजपूत डिगरी कॉलेज !

क्लास में केवल मुसलिम राजपूत ही नहीं थे। शेख़, सय्यद, पठान सभी थे। कॉलेज में हिन्दू, राजपूत, कायस्थ, भूमिहार, ठाकुर, अहीर, कुरमी सभी थे, परन्तु इतिहास के क्लास में केवल एक हिन्दू लड़का था।

एक दिन औरंगज़ेब और शिवाजी मराठा की बात निकल आई। इफ़्फ़न का ख़याल यह था कि पृथ्वीराज चौहान और शिवाजी जैसे लोग रिएक्शनरी थे क्योंकि वे हिन्दुस्तानी नेशनलिज़्म की धारा की राह में रुकावट डाल रहे थे।

वह अकेला हिन्दू लड़का चन्द्रबली सिंह खड़ा हो गया। और उसने गुरु गोलवलकर और के.एम. मुंशी छाप इतिहास का सबक़ फ़र-फ़र सुना डाला।

"सर ! मुगल बादशाहों ने भारत की प्राचीन सभ्यता को भ्रष्ट किया। मुसलमान सम्राटों का युग भारतीय सभ्यता का काला युग है। क्या प्राचीन मन्दिरों जैसी सुन्दर कोई एक मसजिद बन सकी ? इसी इंफिरिआर्टी काम्पलेक्स के कारण औरंगज़ेब ने मन्दिर गिरवाए..."

इफ़्फ़न उस लड़के का मुँह देखता रह गया। परन्तु वह इतिहास का टीचर था। उसे कुछ-न-कुछ तो कहना ही था।

"जब अछूतों के कान में पिघला हुआ सीसा डाला जा रहा था तो क्या ऊँची जात के हिन्दू इंफ़िरिआर्टी काम्प्लेक्स में थे..."

पूरा घण्टा इसी बहस में खत्म हो गया। न चन्द्रबली ने इफ़्फ़न की बात मानी और न इफ़्फ़न ने चन्द्रबली की। परन्तु उस शाम को इफ़्फ़न बहुत उदास लौटा।

"क्या बात है ?" उसकी बीवी सकीना ने प्रश्न किया।

उसने बात बता दी : "...और अगर लड़कों के दिमाग़ में यही बातें भरी जाती रहीं तो इस मुल्क का क्या बनेगा ? नई नस्ल तो हमारी नस्ल से भी ज़्यादा घाटे में है। हमारे पास कोई ख़्वाब नहीं है। मगर इनके पास तो झूठे ख़्वाब हैं। मैं हिस्ट्री पढ़ाता हूँ। ऐसा लगता है कि हिन्दुस्तान की क़िस्मत में हिस्ट्री है ही नहीं। मुझे अंग्रेज़ों की लिखी हुई हिस्ट्री पढ़ाई जा रही है। यही हाल पाकिस्तान में होगा। वहाँ इसलामी छाप होगी तारीख़ पर ! पता नहीं हिन्दुस्तानी हिस्ट्री कब लिखी जाएगी।"

"मैं तो कहती हूँ कि पाकिस्तान चले चलिए।" सकीना ने कहा।

"यह पढ़ाने के लिए कि मुसलमानों के आने से पहले हिन्दुस्तानी अनसिविलाइज़्ड थे ?" उसने इनकार में गरदन हिलाई। "नहीं ! दोनों जगहों पर धूल में रस्सी बटी जा रही है। मैं पढ़ाने का काम ही छोड़ दूँगा।"

पढ़ाने में उसे एक और कठिनाई भी हो रही थी। लड़के न अंग्रेज़ी समझते थे और न उसकी बोलचाल। वह पढ़ाता रहता और यह देखता रहता कि उसकी आवाज़ सपाट चेहरों से टकराकर वापस आ रही है।

फिर भी उसने ज्यों-त्यों करके एक साल काट ही लिया। परन्तु उसी साल मैनेजिंग कमेटी के सेक्रेटरी के लड़के ने हिस्ट्री में एम.ए. कर लिया। उसके लिए एक जगह की ज़रूरत हुई।—तो शहर के हिन्दी समाचारपत्रों में यह लिखा जाने लगा कि इफ़्फ़न मुसलिम लीगी है। औरंगज़ेब की तारीफ़ और शिवाजी की बुराई करता है।

मैनेजिंग कमेटी ने उससे जवाब तलब किया। उन्हीं दिनों मुसलिम यूनिवर्सिटी में एक जगह निकली थी। वह वहीं का ओल्ड ब्वाय था। ले लिया गया।

और यों सन् साठ में टोपी से उसकी मुलाक़ात फिर हुई।

आठ

टोपी और अलीगढ़ मुसलिम यूनिवर्सिटी ! हो सकता है कि आपमें से बहुत-से लोगों को यह बात आश्चर्य में डाल दे, क्योंकि हमने टोपी को जनसंघी बनने की हालत में देखा था। तो वह अलीगढ़ क्या करने आया जो मुसलिम साम्प्रदायिकता का गढ़ है ?

मैं अगर केवल कथाकार होता तो इस प्रश्न का जवाब टाल जाता। परन्तु मैं आपको एक जीवनी सुना रहा हूँ। टोपी अलीगढ़ केवल इसलिए आया कि वह यह देख सके कि मुसलमान नौजवान किस तरह के ख़्वाब देखता है।

देखिए बात यह है कि पहले ख़्वाब केवल तीन तरह के होते थे—बच्चों का ख़्वाब, जवानों का ख़्वाब और बूढ़ों का ख़्वाब। फिर ख़्वाबों की इस फ़ेहरिस्त में आज़ादी के ख़्वाब भी शामिल हो गए। और फिर ख़्वाबों की दुनिया में बड़ा घपला हुआ। माता-पिता के ख़्वाब बेटे-बेटियों के ख़्वाबों से टकराने लगे। पिताजी बेटे को डॉक्टर बनाना चाहते हैं, और बेटा कम्युनिस्ट पार्टी का होल टाइमर बनकर बैठ जाता है। केवल यही घपला नहीं हुआ। बरसाती कीड़ों की तरह भाँति-भाँति के ख़्वाब निकल आए। क्लर्कों के ख़्वाब। मज़दूरों के ख़्वाब। मिल-मालिकों के ख़्वाब। फ़िल्म स्टार बनने के ख़्वाब। हिन्दी ख़्वाब। उर्दू ख़्वाब। हिन्दुस्तानी ख़्वाब। पाकिस्तानी ख़्वाब। हिन्दू ख़्वाब। मुसलमान ख़्वाब। सारा देश ख़्वाबों की दलदल में फँस गया। बच्चों, नौजवानों और बूढ़ों के ख़्वाब ख़्वाबों की धक्कमपेल में तितर-बितर हो गए। हिन्दू बच्चों, हिन्दू बूढ़ों और हिन्दू नौजवानों के ख़्वाब मुसलमान बच्चों, मुसलमान बूढ़ों और मुसलमान नौजवानों के ख़्वाबों से अलग हो गए। ख़्वाब बंगाली, पंजाबी और उत्तर प्रदेशी हो गए।

राजनीति वालों ने केवल यह देखा कि एक दिन हिन्दुस्तान से एक टुकड़ा अलग हो गया और उसका नाम पाकिस्तान पड़ गया। यदि केवल इतना ही हुआ होता तो घबराने की कोई बात न होती। परन्तु ख़्वाब उलझ गए और साहित्यकार के हाथ-पाँव कट गए। ख़्वाब देखना व्यक्ति, देश और उम्रों का काम है। परन्तु हमारे देश में आजकल व्यक्ति ख़्वाब नहीं देखता। जागते-जागते देश की आँखें दुखने लगती हैं—रही उम्रें—तो वे ख़्वाब देखना भूल गई हैं।

आख़िर कोई किस बूते पर ख़्वाब देखे !

परतु क्राइसिस यह है कि किसी को ख़्वाबों के इस क्राइसिस का पता ही नहीं है क्योंकि अपने ख़याल में सब कोई-न-कोई ख़्वाब देख रहे हैं।

इसलिए टोपी भी ख़्वाब देख रहा था। हुआ यह कि एक स्कालरशिप का क़िस्सा था। टोपी भी उम्मीदवार था। परन्तु वह स्कालरशिप एक मुसलमान को मिल गया ! वह मुसलमान लड़का कोई बहुत क़ाबिल-वाबिल भी नहीं था। स्कालरशिप देनेवालों में उसका कोई रिश्तेदार भी नहीं था। परन्तु उसके पिता के एक दोस्त (जो जनसंघी थे) कमेटी के सदर थे। राजनीति अपनी जगह है, दोस्ती अपनी जगह। वह स्कालरशिप उस लड़के को मिल गया। सात सौ बाईस हिन्दू लड़कों को काटकर जब एक मुसलमान लड़के को स्कालरशिप मिल गया तो टोपी को बड़ा ताव आया। चुनाँचे वह अलीगढ़ यूनिवर्सिटी से कोई स्कालरशिप पाने के लिए ख़्वाब देखने लगा।

दूसरी तरफ़ उसकी चेतना बार-बार यह प्रश्न करती रहती थी कि पाकिस्तान बन जाने के बाद किसी मुसलिम यूनिवर्सिटी की ज़रूरत क्या है ?

और तीसरी बात यह थी कि वह जानना चाहता था कि हिन्दुस्तान का मुसलमान नवयुवक किस प्रकार सोचता है और किस रंग के ख़्वाब देखता है।

परन्तु अलीगढ़ आकर वह ऐसे लोगों में फँस गया कि उसका सारा प्रोग्राम धरा रह गया। सरदार जोगेन्द्रसिंह। हामिद रिज़वी। इक़्तिदार आलम। के.पी. सिंह...हिन्दू, मुसलमान और सिख लड़कों का एक छोटा-सा गिरोह यूनिवर्सिटी में एक और ही लड़ाई लड़ रहा था।—ये एस.एफ. के लोग थे।

मुन्नी बाबू ने चलते-चलते उसे होशियार कर दिया था कि वहाँ मुसलमानों से ज़्यादा कम्युनिस्टों का डर है। परन्तु वह अपने-आपको इन लोगों से न बचा सका।

वह उस इक़्तिदार आलम का मुँह कैसे बन्द करता जो पाकिस्तान का उतना ही बड़ा विरोधी था जितना कि खुद टोपी था। वह उस हामिद रिज़वी को अपने पास से कैसे हटा देता जिसे कुछ मुसलमान लड़कों ने इसलिए पीटा था कि वह यह माँग कर रहा था कि मुशायरे के साथ कवि-सम्मेलन भी होना चाहिए और यूनियन की तरफ़ से केवल लेक्चर्ज ऑन इसलाम की जगह तमाम धर्मों पर लेक्चर कराना चाहिए। मीलाद-ए-नबी के साथ-साथ जन्माष्टमी भी मनानी चाहिए...

यही वे लोग थे जो यूनियन के चुनाव में हिन्दू लड़कों को खड़ा करते थे और उनके चुनाव का काम करते थे, मार खाते थे, चुनाव हारते थे, परन्तु हिम्मत नहीं हारते थे।

"तुम क्यों डरते हो ?" एक दिन हामिद ने कहा। "तुम मिजारिटी कम्युनिटी के हो ? चार करोड़ मुसलमान तीस करोड़ हिन्दुओं का क्या बिगाड़ सकते हैं ?"

"चार करोड़ से भी कम थे साले जब उन्होंने मन्दिर तोड़कर मसजिदें बनवा ली थीं।"

"हिन्दुओं ने तोड़ने क्यों दीं ?" जोगेन्द्र ने सवाल किया।

"देखो शुक्ला," के.पी. बोला। "बात यह नहीं है। कल का हिसाब-किताब करने बैठ गए तो सवेरा हो जाएगा। यहाँ चार करोड़ मुसलमान हैं। और वह यहीं रहेंगे।"

"क्यों रहेंगे ?"

"क्योंकि हम यहीं के हैं।" इक़तिदार को गुस्सा आ गया। इक़तिदार को गुस्सा आता था तो उसका सफ़ेद रंग गुलाबी हो जाता था। "इसी का नाम हिन्दू शावनइज़्म है। क्यों रहेंगे ? यूँ पूछ रहे हो जैसे यह मुल्क तुम्हारे बाप का है !"

"वह तो है।" टोपी ने कहा। "मेरे बाप का नहीं तो क्या तुम्हारे बाप का है। आ गए जने कहाँ से बहे बिलाने और घर वाले हो गए।"

"और तेरे बाप-दादा तो सिरफल के पेड़ की तरह यहीं उग आए थे !"

"प्लीज इक़तिदार !" जोगेन्द्र ने कहा।

"नहीं म्याँ !" इक़तिदार ने उसका हाथ झटक दिया। "इन हिन्दुओं का दिमाग़ चल गया है। हिस्ट्री पढ़ो, हिस्ट्री ? यहाँ सभी बाहर से आए हैं..."

बात बहुत बढ़ गई। टोपी खड़ा हो गया, मगर इक़तिदार बैठा ही रहा। और जब टोपी बन-बिगड़ चुका तो वह खिलखिलाकर हँसने लगा।

"चलो चाय पिलाओ और कांग्रेस वालों के लिए अपने बाप के नीले तेल की दो शीशियाँ मँगवा दो। उनकी पॉलिटिक्स के रगपट्ठे लुजलुजा गए हैं।"

"अमें यह तुम्हारे यहाँ दाढ़ी वाला कौन आ गया है ?" हामिद ने जोगेन्द्र से पूछा।

"निकले जूनियर ही ना ?" जोगेन्द्र हँसा। "अरे भई यह वही जर्ग़ाम साहब हैं। बुलबुलिया के ज़माने में हुआ करते थे। मगर बाईगॉड क्या स्पीकर है ! सईद अण्डा तो कहा करता था कि सुलतान न्याज़ी और मूनिस साहब से भी अच्छा स्पीकर है।"

"अमें जाओ।" के. पी. बोला। "कहाँ सुलतान न्याज़ी और मूनिस भाई और कहाँ यह चौंघट।"

"एम.ए. में टॉप किया था इन्होंने।" जोगेन्द्र बोला। "और डॉक्टर ताराचन्द ने इनके डेसर्टेशन की इतनी तारीफ़ की कि क्या कहा जाए !"

"मगर यह तो बड़ी थर्ड रेट हरकत है कि एम.ए में टॉप करके दाढ़ी रख ली।" इक़तिदार ने कहा।

"यह जरगाम साहब हैं कहाँ के ?" टोपी ने पूछा।

"जर्गाम नहीं, ज़्ग़ाम !" के. पी. बोला।

"वाह !" जो, इक़तिदार और हामिद ने एक साथ नारा मारा। ग़ की बिन्दी खा जाने पर जुर्माना हुआ और के.पी. उर्दू ज़बान और अरबी शब्दों को गाली देता हुआ सबको केफ़े डी फूँस तक ले गया।

बग़ल वाली मेज़ पर बैठे हुए लड़के किसी लड़की की बात कर रहे थे। और दूसरी तरफ़ कोई सीनियर मुल्ला लड़कों के एक गोल को चाय पिला रहा था। और कम्युनिस्टों के इख़लाक़ पर तक़दीर कर रहा था।

"... इस यूनिवर्सिटी को हिन्दुओं का डर नहीं है। मगर कम्युनिस्टों का डर है। डॉक्टर ज़ाकिर हुसैन ने पुरानी दुश्मनी निकाली है। कोई डिपार्टमेन्ट ऐसा नहीं जिसमें कम्युनिस्ट न घुस आए हों। खुदा की शान कि मुसलिम यूनिवर्सिटी की लड़कियाँ नाचती हैं और कलचर के नाम पर ऐनटनी कुलोपेट्रा खेलती हैं।"

"यह बात तो बिल्कुल ग़लत है।" के.पी. ने कहा। "मुसलमान लड़कियों को लैला-मजनूँ और शीरीं-फरहाद खेलना चाहिए।"

कई मेज़ों के लड़के हँस पड़े। हँस पड़नेवालों में हिन्दू कम और मुसलमान ज़्यादा थे।

"इस नीले तेल वाले रंगरूट को क्यों बिगाड़ रहे हो पार्टनर !" सीनियर मुल्ला ने कहा।

के. पी. अवश्य जवाब देता परन्तु उसी वक़्त इफ़्फ़न एक और लेक्चरर के साथ आ गया।

"सॉलेक।" के. पी. ने सलाम किया।

"सॉलेक !" इफ़्फ़न ने जवाब दिया। "कहिए कौन कट रहा है ?"

"के.पी. कट रहे हैं साहब।" 'जो' ने कहा। "आइए।"

दोनों लेक्चरर वहीं बैठ गए।

"सुना कि आपका ड्रामा बड़ा शानदार हुआ।" इफ़्फ़न ने के.पी. से कहा। "मैं तो उसी दिन दिल्ली चला गया था। बड़ा अफसोस हुआ। यह कौन साहब हैं ?" उसने टोपी की तरफ़ इशारा किया।

"भाई अपना नाम ले डालो।" भाई ख़ाँ ने कहा। "इनका नाम ज़रा राष्ट्रीय भाषा में हो गया है साहब।" इफ़्फ़न मुसकरा दिया।

"बलभद्रनारायण शुक्ला।"

इफ़्फ़न चौंक पड़ा।

"कहाँ से आए ?"

"बनारस से।"

"अरे तुम डॉक्टर भिरगूनरायन साहब के लड़के तो नहीं हो ?"

"जी हाँ।"

"तुम्हारी दादी ने तुम्हें उर्दू सीखने के लिए यहाँ तक भेज दिया ?"

"इफ़्फ़न !" टोपी की आँखें चमकीं। "इ तूँ दाढ़ी कब रख लियो ?"

"यह मेरे बचपन का दोस्त है।" इफ़्फ़न ने के.पी. वग़ैरा से कहा। "इसका छोटा भाई होनेवाला था और नौकरानी ने पूछा कि भाई चाहते हो या बहन ? तो इन्होंने पूछा, साइकिल नहीं हो सकती।"

इतने ज़ोर का क़हक़हा पड़ा कि 'केफ़े डी फूँस' की छत हिल गई और एक मेज़ पर बैठी शक्कर के दाने चुनती हुई चिड़िया घबराकर उड़ गई।

"साहब, हम इन्हें इतने गज़ब का नहीं समझते थे।" इक़्तिदार ने कहा।

"जभी तो हिन्दी में एम.ए. करने बनारस को छोड़कर अलीगढ़ आए हैं।" के.पी. ने टुकड़ा लगाया।

"तो मियाँ लोगों का छुआ खाने लगे तुम ?" इफ़्फ़न ने पूछा। "और तुम्हारी वह ज़बरदस्त चुटिया क्या हुई ?"

"तुम्हारी दाढ़ी के काम आ गई।" टोपी ने जलकर कहा। कोई नहीं हँसा। इफ़्फ़न मुसकरा दिया।

"खा-पी चुके हो तो हमारे साथ आओ।" इफ़्फ़न खड़ा हो गया।

"साहब, वह चाय आ रही है।" के.पी. बोला।

"इक़तिदार पी लेंगे।"

"साहब वह बिल भी आ रहा है।" के.पी. ने कहा।

"वह नहीं आएगा।"

इफ़्फ़न बिल अदा करता हुआ टोपी को लेकर चला गया।

दोनों बहुत खुश थे। परन्तु दोनों यह राज़ छिपाए हुए थे। दोनों यादों को खँगाल रहे थे। परन्तु किसी के पास कहनेवाली कोई बात नहीं थी।

बात यह है कि दोनों हिन्दुस्तान की आज़ादी से पहले बिछुड़े थे।

"तुम्हारी दादी तो हिन्दी के राष्ट्रभाषा हो जाने से बहुत ख़फ़ा होंगी!"

"वह मर गईं।"

"अरे ?"

"अरे क्या ? कब तक जिन्दा रहती ?"

"आख़िर वह तुम्हारी दादी थीं।"

"मेरी दादी तो उस दिन मर गई थी जिस दिन हम पंचम की दूकान से केला ख़रीद रहे थे। मैंने दादी बदल ली थी। अब्बू कैसे हैं ?"

"उनका इन्तिक़ाल हो गया।"

"बाजी ?" टोपी ने 'अरे' नहीं कहा, बल्कि दूसरा सवाल किया।

"बाजी पाकिस्तान चली गईं।"

"मुन्ना ?" टोपी इस जवाब पर भी नहीं चौंका।

"मुन्ना यहीं है। मुन्नी भी यहीं है।"

बातें समाप्त हो गईं। दोनों चुप हो गए। दोनों उदास हो गए। दोनों के बीच में कोई अनदेखी दीवार थी। दिलों के धड़कने की आवाज़ इधर से उधर नहीं जा पा रही थी।

"क्या पाकिस्तान के बिना काम नहीं चल सकता था ?" टोपी ने उस दीवार पर पहला कुदाल मारा।

"पता नहीं।" इफ़्फ़न ने कहा।

"और अब मैं पाकिस्तान को गाली भी नहीं दे सकता।"

"क्यों ?"

"बाजी जो वहाँ चली गई हैं। क्या करता है उनका पति ?"

"पाकिस्तान की एअरफ़ोर्स में फ़्लाइट लेफ़्टिनेन्ट हैं।" इफ़्फ़न ने कहा। "अब्बू बीमार थे तो बेचारों को आने की इजाज़त भी न मिली। बाजी भी नहीं आ पाईं।"

"तुम क्यों नहीं गए ?"

"मैं अपने-आपको यह यक़ीन दिलाने के लिए नहीं गया कि मैं हिन्दुओं से डरता हूँ।"

"हिन्दुओं ने तुम्हारा क्या बिगाड़ा है ? क्या जीजा को हिन्दुओं ने नहीं आने दिया ?"

"यह बात नहीं है।"

"फ़िर क्या बात है।"

"फ़िर नहीं फिर।" इफ़्फ़न ने दाँत पीसकर कहा। टोपी खिलखिलाकर हँस पड़ा। कई दीवारें गिर गईं। कई डर ख़त्म हो गए। कई प्रकार के अकेलेपन दूर हो गए।

"शब्द-सुधार-योजना अब तक चली जा रही है।" टोपी ने कहा। "यार भाई वह भी क्या दिन थे !"

"हाँ।"

दोनों उदास हो गए। इफ़्फ़न हिन्दुओं से डरता था और इसलिए उनसे नफ़रत करता था। टोपी को भारत की प्राचीन संस्कृति से प्यार हो गया था, इसलिए वह मुसलमानों से नफ़रत करता था--परन्तु दोनों उदास हो गए। नफ़रत की दीवार पर चढ़कर पुरानी दोस्ती ने जो झाँकना शुरू किया तो दोनों उदास हो गए। पल-भर में बीते हुए दिन दोबारा गुज़रे। सारी बातें, सारी यादें, सारे नारे...दोनों ने अपनी बरसों की यात्रा फिर की और यह देखकर दोनों उदास हो गए कि घाटे में वे दोनों ही रहे। हिपोक्रेसी के जंगल में दो परछाइयों ने अपने-आपको अकेला पाया तो दोनों लिपट गईं।

"यह तुम्हारी युनिवर्सटी अपने पल्ले नहीं पड़ी।"

"अब देखो मेरी बीवी तुम्हारे पल्ले पड़ती है या नहीं।"

इफ़्फ़न का ड्राइंग-रूम बड़ा सादा-सूदा था। दीवारें नंगी थीं। नक़ली आतिशदान के ऊपर शंकर का एक बस्ट रखा हुआ था। और उस बस्ट के पास निकिल किए हुए फ्रेमों में दो तसवीरें थीं। एक इफ़्फ़न की दादी की और एक इफ़्फ़न के अब्बू की।

"शंकरजी को भोला समझकर फँसा रहे हो ?"

"गोमती गंगा में मिलती है ना।" इफ़्फ़न मुसकराया। "मुझे हिन्दुओं से नफ़रत है, लेकिन शंकर से मैं प्यार करता हूँ, क्योंकि यह बिलकुल आदमी के नाप के हैं। बेवक़ूफ़। कोई पूछे कि भई समुन्दर मथने में तुम भी शामिल थे। फिर ज़हर अकेले ही क्यों पी गए ? अमृत पीनेवालों को ज़रा-ज़रा ज़हर भी चटा दिया होता। मगर ज़हर शायद अकेले ही पीना पड़ता है। आदमी और देवता में यही फ़र्क़ है शायद। ज़हर अकेले शिव पीते हैं। ज़हर अकेला सुक़रात पीता है। सलीब पर अकेले ईसा चढ़ते हैं। दुनिया त्यागकर एक अकेला राजकुमार निकलता है। इम्तहान के वक़्त भीड़ नहीं लगती। बस हद-से-हद करबला में सत्तर-बहत्तर आदमी इकट्ठा हो जाते हैं। आदमी सदा से इतना अकेला क्यों है बलभद्र ?"

"क्योंकि यह उसके खाने का वक़्त है।" सकीना ने कमरे में आकर कहा।

"यह मेरी बीवी सकीना है।"

"यह अन्दाजा तो मैंने भी लगा लिया था।"

"इसकी ज़बान पर हँसना मत।" इफ़्फ़न ने कहा, "इसके घर में उर्दू बोली जाती है। यह दादी की ज़िद में गँवार बन गया है।"

"भाबी, यह बात नहीं है।"

"फिर क्या बात है ?"

सकीना ने कहा। उसकी आँखों में शरारत की कन्दीलें जल गईं।

"यह दोस्त मेरे बचपन के दोस्त बलभद्रनारायण शुक्ला हैं।"

"कोई आसान नाम नहीं रख सकते आप ?" सकीना ने सवाल किया।

"यह एक बड़ा ही ख़ानदानी क़िस्म का ठेठ हिन्दू है। मियाँ लोगों के हाथ का छुआ नहीं खाता। या अब खाने लगे हो ?" इफ़्फ़न ने टोपी शुक्ला से सवाल किया।

"यह अच्छी ख़बर है।" सकीना ने कहा। "गँवारों के खाने लायक़ कोई चीज़ इस वक़्त थी भी नहीं।"

टोपी को यह बात बुरी लगी। इसलिए उसने सकीना की ज़िद में खा लेने का फ़ैसला कर लिया।

उस दिन उसने पहली बार किसी मुसलमान के घर खाना खाया। अलीगढ़ आकर थाली की आदत तो छूट गई थी। फिर भी जिस डोंगें से इफ़्फ़न सालन निकाल रहा था। उसी डोंगे से उसे अपने लिए सालन निकालना अजीब लगा। जिस चमचे से सकीना दाल निकाल रहा थी उसी चमचे से अपने लिए दाल निकालना आसान नहीं था। कई बार उसका हाथ हिला और मेज़पोश पर कई बार दाल और सालन टपका। परन्तु वह हिम्मत नहीं हारा। दाल का मज़ा भी कुछ नया था। लहसुन से बघारी हुई अरहर की दाल उसने पहली बार खाई, क्योंकि उसके घर में लहसुन-प्याज का तो गुज़र नहीं था। उसके यहाँ तो पतली दाल में कच्चा घी डाल जाता था। उस मज़े का भी जवाब नहीं था, परन्तु सकीना की बघारी हुई दाल का मज़ा भी अपनी जगह था।

"अब कभी न कहिएगा खाने को।" टोपी ने खाने के बाद कहा।

"क्यों ?" सकीना की खूबसूरत भवें तन गईं।

"अरे भई इन्हें समझाओ।" टोपी ने इफ़्फ़न से कहा, "मैं बहुत गाढ़ा हिन्दू हूँ।"

"मैं भी बहुत गाढ़ी मुसलमान हूँ।" सकीना ने कहा, "तुम्हारे जाने के बाद इन बरतनों को खूब धुलवाऊँगी।"

"जो मैं न खाता तो क्या बरतन न धुलते ?" टोपी ने पूछा, "यही तो गन्दापन है मुसलमानों का।"

सकीना दाँत पीसकर रह गई।

यूँ सकीना से टोपी की पहली मुलाक़ात खाने की मेज़ पर हुई और पहली ही मुलाक़ात में दोनों लड़ पड़े।

नौ

अभी सकीना के बारे में आपको केवल यह पता चला है कि वह इफ़्फ़न की बीवी थी। परन्तु वह इफ़्फ़न की बीवी पैदा ही नहीं हुई थी।

सकीना एक खाते-पीते मुसलमान घराने की इकलौती लड़की थी। इकलौती यूँ कि तीन भाइयों के बीच वह अकेली बहन थी। परन्तु यह पाकिस्तान बनने से पहले की बात है, क्योंकि पाकिस्तान बनने के बाद भाई भी इकलौता ही हो गया।

सय्यद आबिद रज़ा छपरा के प्रसिद्ध वकील और ख़ानदानी आदमी थे। नक़वी सय्यद थे। उनका सय्यदपन नए छपे हुए नोट की तरह करारा था। वह दौलत से ज़्यादा हड्डी के क़ायल थे।

सय्यद आबिद रज़ा एक ख़ानदानी कांग्रेसी थे। कांग्रेस में यह उनकी तीसरी पुश्त थी। उनके पिता प्रान्त कमेटी के सदर रह चुके थे। कई बार जेल भी जा चुके थे। वह ख़ुद भी ज़िला कमेटी के सेक्रेटरी थे और कुल मिलाकर नौ साल आठ महीने बारह दिन जेल में रह चुके थे। उन्होंने कभी खादी के सिवा कुछ और पहना ही नहीं। खादी भी वह निहायत खुरदरी वाली पहनते थे। अब यह बताने की तो कोई ज़रूरत रह नहीं जाती कि वे मुसलिम लीग की राजनीति के घोर विरोधी थे। उनके चारों बच्चे (सकीना और उसके तीनों बड़े भाई) उन्हीं की आत्मा के तीन टुकड़े थे। तीनों ही पाकिस्तान के विरोधी थे। तीनों ने अलीगढ़ में पढ़ा। कम्युनिस्ट कहे गए। बार-बार मुसलिम स्टूडेंट्स फ़ेडरेशन और मुसलमान दादाओं ने उन्हें पीटा। परन्तु वे पाकिस्तान का विरोध ही करते रहे। लेकिन जब पी.सी. जोशी की कम्युनिस्ट पार्टी ने सन् पैंतालीस में मुसलिम लीग का साथ देने का फ़ैसला किया तो तीनों भाइयों का दिल खट्टा हो गया।

बड़े भाई ने कहा भी कि अगर मुसलमानों की नुमायंदगी लीग करती है तो सीधे पाकिस्तान ज़िन्दाबाद का नारा लगाना चाहिए। यह नारा कामरेड्स आपको मुबारक हो...

उसका दिल इतना खट्टा हुआ कि वह राजनीति ही से अलग हो गया और अपने पिता के साथ वकालत करने लगा।

पैंतालीस के चुनाव में आबिद रज़ा कांग्रेस के टिकट पर खड़े हुए। उनकी जमानत ज़ब्त हो गई। उनकी ज़मानत का ज़ब्त हो जाना कोई साधारण घटना नहीं थी। वह मुसलमानों में भी बहुत चाहे जाते थे। परन्तु उन दिनों मुसलमानों को यह फ़ैसला करना

था कि पाकिस्तान बनेगा या नहीं। आम मुसलमानों को यह ख़बर नहीं थी कि पाकिस्तान बना भी तो छपरा में नहीं बनेगा। उन्हें यह भी पता नहीं था कि यदि उन्होंने पाकिस्तान जाना चाहा तो उन्हें अपने छपरा को तोड़ना पड़ेगा। सदियों पुराने घरों, सदियों पुराने महल्लों, सदियों पुरानी सड़कों और गलियों और सदियों पुराने खेत-खलियानों को छोड़ना पड़ेगा। यदि उन्हें यह मालूम होता तो शायद सय्यद आबिद रज़ा की ज़मानत ज़ब्त न हुई होती। तब शायद सय्यद आबिद को जूतों का हार न पहनाया गया होता। तब शायद उन्हें हिन्दुओं का गुलाम न कहा गया होता :

"क्या आप उस सय्यद आबिद रज़ा को वोट देंगे जो होली खेलता है ? क्या आप उस सय्यद आबिद रज़ा को वोट देंगे जिसकी बेटी हर साल नामहरम हिन्दुओं को राखी बाँधती है ? अगर आपकी इसलामी ग़ैरत मर गई है तो आप ऐसा ज़रूर कीजिए। मगर याद रखिए कि क़यामत के दिन आप आँ हज़त (पैग़म्बर) को क्या मुँह दिखाएँगे ! मैं मानता हूँ कि सय्यद आबिद रज़ा एक पढ़ा-लिखा आदमी है। मैं यह भी मानता हूँ कि पहलवान अब्दुल ग़फ़ूर साहब एक मर्दे-जाहिल हैं। मगर मैं यह भी जानता हूँ कि आँ हज़त ने अरब के पढ़े-लिखों को छोड़ कर अनपढ़ बिलाले-हबशी रज़ी अल्लाह ताला अनहो[1] को अपनी मसजिद का मोवज़्ज़िन बनाया था। आप किसका साथ देंगे ? बिलाल की जिहालत का या अबू जेहल[2] के इल्म का ?...."

अलीगढ़ के एक नौजवान ने जो यह सवाल किया तो छपरा के मुसलमान क़ायल हो गए और उन्होंने पहलवान अब्दुल ग़फ़ूर को असम्बली का 'मोवज़्ज़िन' बनाने का फ़ैसला कर लिया। तब भी सय्यद आबिद रज़ा ने उन्हें समझाया :

"मैं जानता हूँ कि आप पहलवान को वोट देने जा रहे हैं। लेकिन मैं एक उसूल के लिए लड़ रहा हूँ..." यहाँ पहला जूता आया। "शुक्रिया। मैं यह अर्ज़ कर रहा था कि मुसलिम लीग एक धोखा है..."

"हिन्दू कुत्ता हाय-हाय !" मजमे ने जवाब दिया।

"मैं पैग़म्बर नहीं हूँ।" आबिद रज़ा ने कहा, "लोगों ने तो उन पर भी कूड़ा फेंका है..."

"तू अपने को आँ हज़त से मिलाता है।" एक नौजवान जोश में खड़ा हो गया। जमीअत और कांग्रेस के लोग कमज़ोर पड़े। और जब सय्यद आबिद रज़ा की आँखें खुलीं तो वह अस्पताल में थे।

सकीना ने उस दिन जिन्ना साहब को जी भर के गालियाँ दीं।

जब वह अपने बाप सय्यद आबिद रज़ा और अपने दो भाइयों की लाशों के पास पहुँची तो उसे वे तमाम गालियाँ एक-एक करके याद आ गईं। वह चुनाव के दिनों की तक़रीरों की आवाज़ फिर सुनने लगी। जान आबरू, जान आबरू...

---

1. रसूल की मस्जिद में अज़ानें दिया करते थे। हबश के थे।
2. अरब का एक स्कालर। मुसलमान नहीं हुआ तो मुसलमान उसे 'अबू जेहल' कहने लगे।

महेश ने सय्यद आबिद रज़ा से बहुत कहा कि बलवों के दिन हैं, वह उनके घर आ जाएँ। यहाँ सभी कुछ हो सकता है। महेश को सकीना राखी बाँधती थी और महेश के पिता सय्यद साहब के गहरे दोस्तों में थे।

"क्या मैंने मुसलिम लीग की मुख़ालिफ़त इसीलिए की थी कि जब हिन्दुस्तान आज़ाद हो तो मैं पनाह लेने के लिए तुम्हारे घर आऊँ ?" सय्यद साहब ने सवाल किया।

"चाचाजी, ये बहसें तो फिर भी हो सकती हैं।" महेश ने कहा।

"नहीं बेटे ! इस बहस का सही वक़्त यही है।"

"कम-से-कम सकीना को यहाँ से हटा दीजिए।"

परन्तु सय्यद आबिद रज़ा इस पर भी तैयार नहीं हुए। कुछ ही दिन पहले तो उन्होंने सकीना का ब्याह किया था। वह अब इफ़्फ़न की अमानत थी।

"मैंने वहाँ लिख दिया है कि कोई आकर सकीना को ले जाए। लखनऊ में बलवे नहीं हो सकते हैं।"

मगर तीनों बेटों ने ज़िद की और सकीना महेश के घर भेज दी गई। सकीना को पहुँचाकर महेश वापस आ रहा था कि रास्ते में मार डाला गया। मीर साहब को महेश के मारे जाने की ख़बर नहीं मिली। मगर उन्हें और लोगों के मरने की ख़बरें मिलती रहीं।

शहर की हालत बहुत ख़राब हो चुकी थी। हर आदमी अकेला हो गया था। जानी-पहचानी गलियाँ साँप बनकर रेंग रही थीं, फन काढ़े पैरों की चाप की राह देख रही थीं। पैरों की चाप की आवाज़ बदल गई थी। मेल्हती हुई आवाज तो आती ही नहीं थी। हर आदमी तेज़-तेज़ चल रहा था। हर कन्धे और पीठ पर आँखें उग आई थीं। परछाइयाँ हिन्दू-मुसलमान बन गई थीं और आदमी अपनी ही परछाइयों से डरकर भाग रहा था। टूटे हुए ख़्वाबों के रेज़े शीशे की किर्चियों की तरह तलवों में चुभ रहे थे। परन्तु वह दर्द से चीख़ नहीं सकता था। वह डरता था कि कहीं कोई चीख़ की आवाज़ न सुन ले—कहीं किसी को पता न चल जाए कि वह किस गली में छिपा हुआ है !

आदमी।

मनुष्य।

दोनों शब्दों का अर्थ एक ही है। इन शब्दों की आवाज़ें एक-दूसरे से फिर भी टकरा रही थीं। महेश मनुष्य था। उसे आदमियों ने मार डाला। सय्यद आबिद रज़ा आदमी थे। उन्हें मनुष्यों ने मार डाला।

तीसरा लड़का दिल्ली में था। दोनों लड़कों ने सय्यद आबिद रज़ा को बहुत समझाया कि यह घर से निकलने के दिन नहीं हैं। परन्तु सय्यद आबिद रज़ा ने कहा :

"यही तो घर से निकलने के दिन हैं बेटे !"

"अब्बा, आप समझते क्यों नहीं ?" बड़ा बेटा झल्ला गया।

"तुम नहीं समझ रहे हो बेटा !" सय्यद आबिद रज़ा ने कहा। "क्या मैंने जेल में इसी दिन का इन्तज़ार किया था ? तुम लोग सिर्फ़ मारे जा सकते हो। लेकिन हिन्दुस्तान और पाकिस्तान की बस्तियों में मेरी रूह नंगी की जा रही है। मेरे ख़्वाबों के साथ ज़िना

किया जा रहा है। जूतों का हार तुमने नहीं पहना था। और जिन्होंने मुझे जूतों का हार पहनाया था वे अजनबी नहीं थे। तो क्या वही ठीक कह रहे थे ? इस सवाल का जवाब जानना ज़रूरी है। और इस सवाल का जवाब जानने के लिए घर से निकलना ही पड़ेगा।"

तो वह घर से निकले। वही लम्बी अचकन। वही काली ईरानी टोपी। दाहिनी तरफ़ बड़ा बेटा। बाईं तरफ़ छोटा बेटा। बाबू गौरीशंकर ने उन्हें अपने घर की खिड़की से देखा।

"सय्यद साहब !" वह चीख़े।

सामने से एक जुलूस-सा आ रहा था। गौरीशंकर बाबू बन्दूक लेकर लपके। परन्तु उनके पहुँचने से पहले खेल ख़त्म हो चुका था। सय्यद आबिद रज़ा की ईरानी टोपी लुढ़ककर नाली में जा पड़ी थी।

"तुम इन्हें जानते हो ?" गौरीशंकर बाबू ने एक नौजवान को झिंझोड़कर सवाल किया। "यह सय्यद आबिद रज़ा हैं।"

गौरीशंकर बाबू का ख़याल था कि यह नाम कोई जादू कर देगा और टोपी नाली से उड़कर सय्यद साहब के सिर पर आ जाएगी और वह मुसकराते हुए उठ पड़ेंगे। परन्तु यह नहीं हुआ। टोपी वहीं रही, नाली में।

"तुम तो ऐसे कह रहे हो कि यह आबिद रज़ा हैं जैसे यह कोई देवता हों।"

"नहीं, देवता तो तुम हो।"

बाबू गौरीशंकर सिर झुकाए हुए अपने घर में चले गए। जिस नौजवान को उन्होंने झिंझोड़ा था वह महल्ले ही का था।

परन्तु यह ख़बर जंगल की आग की तरह फैली कि आबिद रज़ा मारे गए। छपरा सन्नाटे में आ गया। बलवा रुक गया। आबिद रज़ा के सवाल का जवाब यही था। आबिद रज़ा के सवाल का जवाब यह भी था कि गौरीशंकर बाबू ने उस नौजवान के ख़िलाफ़ गवाही दी। आबिद रज़ा के सवाल का जवाब महेश की लाश थी।

परन्तु सकीना को केवल वे गालियाँ याद आ रही थीं जो उसने पाकिस्तान को दी थीं। दूसरे साल उसने महेश के भाई रमेश को राखी नहीं बाँधी। उसने राखी ख़रीदी। परन्तु राखी से एक ईरानी टोपी झाँकने लगी। राखी को नाली में फेंककर वह अपने उस भाई को ख़त लिखने बैठ गई जो दिल्ली ही से पाकिस्तान चला गया था।

...मैं रमेश भय्या को राखी क्यों बाँधूँ ? क्या करूँ इफ़्फ़न पाकिस्तान आने पर राज़ी ही नहीं होते ? मुझे तो इस मुल्क से नफ़रत हो गई है।...

नफ़रत !

यह शब्द कैसा अजीब है ! नफ़रत ! यह एक अकेला शब्द राष्ट्रीय आन्दोलन का फल है। बंगाल, पंजाब और उत्तर प्रदेश के इन्कलाबियों की लाशों की क़ीमत केवल एक शब्द है—नफ़रत !

नफ़रत !

शक !

डर !

इन्हीं तीन डोंगियों पर हम नदी पार कर रहे हैं। यही तीन शब्द बोए और काटे जा रहे हैं। यही शब्द धूल बनकर माँओं की छातियों से बच्चों के हलक़ में उतर रहे हैं। दिलों के बन्द किवाड़ों की दराज़ों में यही तीन शब्द झाँक रहे हैं। आवारा रूहों की तरह ये तीन शब्द आँगनों पर मँडरा रहे हैं। चमगादड़ों की तरह पर फड़फड़ा रहे हैं और रात के सन्नाटे में उल्लुओं की तरह बोल रहे हैं। काली बिल्ली की तरह रास्ता काट रहे हैं। कुटनियों की तरह लगाई-बुझाई कर रहे हैं और गुण्डों की तरह ख़्वाबों की कुँआरियों को छेड़ रहे हैं और भरे रास्तों से उन्हें उठाए लिए जा रहे हैं।

तीन शब्द ! नफ़रत, शक, डर। तीन राक्षस।

"मैं हर हिन्दू से नफ़रत करती हूँ।" सकीना ने कहा।

"बहुत अच्छा करती हो।" टोपी ने कहा। "भाई मुझ पर और तुम पर अब शक नहीं कर सकते। वैसे मैं भी मुसलमानों से कोई खास प्यार नहीं करता।"

"तो यहाँ क्यों आते हो ?"

"यह तो मेरे एक दोस्त का घर है।"

दोस्त !

तो यह शब्द अभी तक जी रहा है !

दस

टोपी दूसरा लड़का था। वह डाँट सुनने, मुन्नी बाबू की उतरन पहनने और भैरव की ज़िद पर चुप रहने का आदी हो चुका था। अलीगढ़ में उसे कोई डाँटनेवाला नहीं था। वह क्या करे और क्या न करे, यह बतानेवाला भी कोई नहीं था। इसीलिए कई लोगों, और फिर बहुत-से लोगों से दोस्ती हो जाने के बाद भी वह अपने-आपको अकेला ही पाता रहा। यह हालत बहुत संगीन थी।

यही कारण है कि जब इफ़्फ़न से मुलाक़ात हुई तो वह जी उठा। और जब पहली ही मुलाक़ात में सकीना ने उसे डाँट पिला दी तो दो बरस की प्यास बुझ गई। वह अपना सारा समय इफ़्फ़न ही के घर गुज़ारने लगा। इफ़्फ़न होता या न होता, वह आ जाता। इफ़्फ़न की किताबें उलटता-पलटता, सकीना की डाँटें सुनता। पाँच बरस की शबनम को हिन्दी पढ़ाने की कोशिश करता और इस पर सकीना की डाँटें सुनता।...

इफ़्फ़न के यहाँ उसका आना-जाना इतना बढ़ा कि शमशाद मार्केट, स्टाफ़ क्लब और 'केफ़े डी फूँस' और 'केफ़े डी अलफ़ लैला' में इसकी बातें होने लगीं।

यूनिवर्सिटी एक छोटी-सी बस्ती है। शहर से अलग-थलग। यूनिवर्सिटी में बहुत-से लोग यह तक भूल जाते हैं कि मुसलमानों का बहुमत पाकिस्तान में है। कठपुले के पार हिन्दुस्तान है। कठपुले के इधर यूनिवर्सिटी। इसलिए लोग एक-दूसरे की टोह में लगे रहते हैं। किसकी बीवी किसे देखकर मुसकराती है ! कौन लड़का आजकल किस-किस लड़की पर आशिक है और किस-किस पर आशिक़ होनेवाला है।...

सेक्स !

फ्रस्ट्रेशन !

फैनिटिसिज्म !

"मौलाना मुहम्मद अली इस कमरे में रहते थे।"

"हसरतज मोहानी, लिआकत अली, सदर अय्यूब, लाला अमरनाथ, ग़ौस मुहम्मद, शकूर, तलअत महमूद—किसने यहाँ नहीं पढ़ा साहब !"

"अलीगढ़ यूनिवर्सिटी एक कलचर का नाम है।"

"मजाज़ ने भी क्या ऐश किए होंगे साहब !"

"जिसने यहाँ नहीं पढ़ा वह गँवार है।"

"यहाँ तो बेहारी भी आदमी हो जाते हैं।"

"नरगिस साली को देखिए। राजकपूर से छूटी तो सुनीलदत्त से अटक गई।"

"टोपी ने भी क्या हाथ मारा है !"

"क्या दिन आ गए हैं कि मुसलमान लड़कियाँ हिन्दुओं से दनादन ब्याह कर रही हैं !"

"बर्क़ गिरती है तो बेचारे मुसलमानों पर।"

"टोपी से अच्छा तो कोई भी हो सकता है भई। चलो अज़ान हो गई।"

इफ़्फ़न ने सुनी-अनसुनी कर दी। सकीना टोपी को लेकर पिक्चर जाने लगी, परन्तु टोपी सन्नाटे में आ गया और एक दिन जब उससे रहा न गया तो बोला :

"भाई, यह हमारी यूनिवर्सिटी तो बड़ी ही घटिया जगह निकली।"

"क्यों ?"

"मैं अब यहाँ नहीं आया करूँगा।"

"क्यों ? क्या तुम सकीना से फँस गए हो ?"

"यही कालीचरन तो रह गया है मेरे लिए।" सकीना बोली।

"अंकल टोपी आप..." शबनम बोली।

"ख़बरदार जो फिर मुझे टोपी कहा !"

"टोपी, खुदा के वास्ते मेरी बच्ची की ज़बान ख़राब न करो।" सकीना ने घिघियाकर कहा।

"तुम्हारे खुदा के लिए मैं कोई काम क्यों करूँ ?" टोपी ने प्रश्न किया। "अरे, उन्हें तो मैंने पाकिस्तान भेज दिया है।"

"अंकल टोपी हिन्दू हैं।" शबनम ने ताली बजाकर यूँ कहा जैसे हिन्दू होना कोई बेवक़ूफ़ी हो।

"तुम्हें किसने बताया ?"

"आज स्कूल में मेरी एक फ्रेंड कह रही थी कि अम्मी टोपी से फँस गई हैं। और टोपी अंकल हिन्दू हैं।" शबनम ने ताली बजाई। "आप हिन्दू हैं।" उसने फिर गाली दी।

कमरे में सन्नाटा छा गया। टोपी का मुँह गुस्से से लाल हो गया। इफ़्फ़न उदास हो गया। सकीना हँस पड़ी :

"यहाँ वालों को तो बदनाम करना भी नहीं आता।" उसने कहा। "यह सुनकर इस टोपी का दिमाग़ चल जाएगा। किसी लड़की से इश्क़ का इज़हार कर देगा और जूतियाँ खाएगा।"

"आज राखी का त्योहार है। तुम मुझे राखी क्यों नहीं बाँध देतीं ?"

राखी !

महेश ! रमेश !

राखी !

"मैं हिन्दुओं को राखी नहीं बाँधती।"

"श्रीमती जर्गाम, राखी हिन्दुओं ही के बाँधी जाती है।"

"मेरे मियाँ का नाम बिगाड़ोगे तो मार डालूँगी।"

"अंकल हिन्दू हैं।" शबनम ने अपनी गुड़िया के कान में कहा।

"परन्तु..."

"रहने दो अपना अरनतू-परनतू।" सकीना बिगड़ गई। "क्या इसलिए राखी बाँध दूँ कि यहाँ के कलजिब्भे मुझे तुम्हारे साथ बदनाम कर रहे हैं ? मैं हर साल एक राखी खरीदकर नाली में फेंक देती हूँ।"

"और यह भूल जाती हो कि महेश ने तुम्हारी हिफ़ाजत की। और रमेश सफ़र करके राखी बँधवाने आता रहा।" इफ़्फ़न ने कहा।

"हाँ। मगर मैं यह नहीं भूल सकती कि अब्बा की ईरानी टोपी नाली में फिंक गई थी।"

"अरे तो क्या मैंने फेंकी थी तुम्हारे अब्बा की टोपी नाली में ?" टोपी उखड़ गया।

"चुप। तू भी हिन्दू है।"

"अरे, तो तुम मुझे नाली में फ़ेंक दो। मैं भी टोपी हूँ। बात बराबर हो जाएगी।"

सकीना वहाँ से उठ गई। इफ़्फ़न यूँ ही एक किताब उलटने-पलटने लगा। टोपी लम्बे-लम्बे साँस लेने लगा। ये मुसलमान इस क़ाबिल ही नहीं हैं कि कोई इन्हें मुँह लगाए।

"भाई तुम अपनी इस बीवी को लेकर पाकिस्तान चले जाओ।"

इफ़्फ़न ने कोई जवाब नहीं दिया। वह यह सोच रहा था कि अगर टोपी की जगह कोई मुसलमान रहा होता तो शायद लोग इतना बुरा न मानते।

फिर वही हिन्दू !

क्या यह शब्द यूँ ही पीछा करता रहेगा ? टोपी, तुम हिन्दू क्यों हो—या फिर मैं मुसलमान क्यों हूँ ? क्यों ? यह भी कितना अजीब शब्द है। मनुष्य को जवाब देने पर मजबूर कर देता है। परन्तु अगर किसी के पास जवाब ही न हो तो ? तो वह क्या करे आख़िर ?

इफ़्फ़न ने किताब फेंक दी।

"तुम मुसलमानों से नफ़रत करते हो। सकीना हिन्दुओं से घिन खाती है। मैं...मैं डरता हूँ शायद। हमारा अंजाम क्या होगा बलभद्र ? मेरे दिल का डर, तुम्हारे और सकीना के दिल की नफ़रत—ये क्या इतनी अटल सच्चाइयाँ हैं कि बदल ही नहीं सकतीं ? हिस्ट्री का टीचर कल क्या पढ़ाएगा ? वह इस सूरते-हाल को कैसे एक्सप्लेन करेगा कि मैं तुमसे डरता था और तुम मुझसे नफ़रत करते थे। फिर भी हम दोस्त थे। मैं तुम्हें मार क्यों नहीं डालता ? तुम मुझे क़त्ल क्यों नहीं कर देते ? कौन हमारे हाथ थाम रहा है ? मैं हिस्ट्री नहीं पढ़ा सकता। मैं रिज़ाइन कर दूँगा।"

"यह कोई बहुत अकलमन्दी की बात नहीं करोगे।"

"मगर..."

"भाई !" टोपी ने उसे टोक दिया। "अकलमन्दी कहने पर तुमने मुझे टोका क्यों नहीं ?"

इफ़्फ़न मुसकरा दिया।

दोनों चुप हो गए। कुछ कहने-सुनने की ज़रूरत ही नहीं थी। इफ़्फ़न पहली बार अपने डर पर शक कर रहा था। और टोपी पहली बार अपनी नफ़रत पर झुँझला रहा था। दोस्ती झूठी है या डर ? दोस्ती झूठी है या नफ़रत ?...

"लेकिन फिर मुसलमानों को नौकरियाँ क्यों नहीं मिलतीं ?" इफ़्फ़न ने यूँ सवाल किया जैसे वे देर से हिन्दू-मुसलमान समस्या पर बहस करते रहे हों।

"क्योंकि उनके दिल में चोर है।" टोपी ने कहा।

"क्या चोर है ?"

"यह चोर है कि चूँकि उन्होंने पाकिस्तान बनवा लिया है इसलिए भारत पर उनका क्या हक़ रह गया है। भाई हर मुसलमान के दिल में पाकिस्तान की ओर एक खिड़की खुली हुई है।"

"फिर मैं पाकिस्तान क्यों नहीं गया ?"

टोपी के पास इस सवाल का कोई जवाब नहीं था। हाँ, फिर यह इफ़्फ़न पाकिस्तान क्यों नहीं गया ? चार-साढ़े चार करोड़ मुसलमान यहाँ क्या कर रहे हैं ? मेरे पड़ोसी कबीर अहमद ने नया घर क्यों बनवाया है ?...

"परन्तु मुसलमान पाकिस्तान की हॉकी टीम के जीतने की खुशी क्यों मनाते हैं ?"

"यह सवाल यूँ भी किया जा सकता है कि हिन्दुस्तान की हॉकी टीम में मुसलमान क्यों नहीं होते ? क्या मुसलमान हॉकी खेलना भूल गए हैं ?"

"नहीं। परन्तु इसका डर लगा रहता है कि वह पाकिस्तान से मिल जाएँगे।"

डर !

तो यह डर दोनों तरफ़ है। उदासी और गहरी हो गई। अँधेरा और बढ़ गया। यह डर आखिर कहाँ-कहाँ है ! इस डर से पिण्ड छूटने की कोई शक्ल है या नहीं...

"लेकिन मुसलमान यह कैसे साबित करें कि वे पाकिस्तान से नहीं मिलेंगे अगर उन्हें पाकिस्तान के ख़िलाफ़ खेलाया ही नहीं जाएगा ?"

"मुसलमानों की वफ़ादारी देखने के लिए हम अपना गोल्ड मेडिल तो नहीं खो सकते ना ?"

"मगर फिर दूसरी शक्ल क्या है ?"

"फ़रज़ करो कि हॉकी नहीं युद्ध हो रहा है। यदि हम मुसलमानों की वफ़ादारी देखने के लिए उन्हें फौज़ में लें और वे पाकिस्तान से मिल जाएँ तो यह इम्तहान किसे महँगा पड़ेगा ?"

इस लॉजिक ने टोपी का जी खुश कर दिया। यह शक ही ठीक है। यह नफ़रत ही ठीक है। अधिक-से-अधिक यही होता है न कि बलवे होते रहते हैं। सौ-दो सौ आदमी मारे जाते हैं।...

"सौ-दो सौ आदमियों की जान बचाने के लिए हम अपनी इंडिपेंडेंस को ख़तरे में नहीं डाल सकते।"

"तो ?"

"तो क्या ? क्या मैंने मुसलमानों का ठीका लिया है ?"

टोपी पर झल्लाहट सवार हो गई। वह इफ़्फ़न पर झल्ला रहा था कि अगर वह मुसलमान न रहा होता तो ऐसे परेशान कर देनेवाले प्रश्न सिर क्यों उठाते।...

प्रश्न हमारा पीछा नहीं छोड़ते। मनुष्य मौत को जीत सकता है, परन्तु प्रश्न को नहीं जीत सकता। कोई-न-कोई प्रश्न दुम के पीछे लगा ही रहता है...

"अगर मुसलमान इतने बुरे हैं तो तुम उनकी यूनिवर्सिटी में पढ़ने क्यों आए ?" इफ़्फ़न ने प्रश्न किया।

"यह मुसलमानों के बाप की यूनिवर्सिटी है ?" टोपी ने प्रश्न किया, "केन्द्रीय सरकार से जो एड मिलती है क्या उसमें हमारा पैसा नहीं है ? सारे मुसलमान ग़द्दार हैं।"

"हाँ" सकीना आ गई, "मेरे अब्बा भी ग़द्दार थे ?"

"तुम बात-बात में अपने अब्बा को क्यों घसीट लाती हो? अब्बा न हुए राम नाम हो गए ! जहाँ देखो वहीं मौजूद हैं। बलवों में और भी कई अब्बा मारे गए हैं।" वह बरस पड़ा। फिर वह घबरा गया। "सॉरी भाबी !"

वह तेज़ी से उठा और चला गया।

जाते-जाते वह शबनम का प्यार लेना भी भूल गया वरना होता यह था कि वह शबनम का प्यार लेता और वह इस डर से जल्दी से गाल पोंछने लगती कि कहीं टोपी के रंग का धब्बा न पड़ गया हो।

"अंकल टोपी ने हमें प्यार क्यों नहीं किया ?" शबनम ने अपनी माँ से सवाल किया।

"वह पागल हो गया है।"

शबनम ने दूसरे दिन स्कूल में अपनी सहेलियों को यह बता दिया कि उसकी अम्मी कहती हैं कि अंकल टोपी पागल हो गया है।

सहेलियों ने यह बात अपनी-अपनी अम्मियों को बताई और बातों का चरखा फिर चल पड़ा।...

ग्यारह

यह बात सारी यूनिवर्सिटी में फैल गई कि सकीना ने टोपी को राखी बाँधने से इनकार कर दिया। कुछ लोगों ने सकीना की हिम्मत की तारीफ़ की कि उसने दिखावे के लिए टोपी को भाई तो नहीं बनाया। लानत है टोपी पर कि माशूक़ा से राखी बँधवाने गया था।

"यदि यह बात तुमने नहीं बताई तो और किसने बताई ?" टोपी ने सकीना से कहा। "यह बात और किसे मालूम थी ?"

"अच्छा देखो मुझसे यह यदी-पदी तो किया न करो। समझे ? गँवार।"

"कमाल है। भाषा की तरफ़ से तुम्हारी शुभकामनाएँ खत्म ही नहीं होतीं।" फिर वह धीमा पड़ गया। "देखो भाभी, यह बहुत सीरियस बात है। भाई से पूछ लो।" वह इफ़्फ़न की तरफ़ मुड़ा। "तुम्हीं बताओ भाई, इस यूनिवर्सिटी में पढ़कर मैं किसी और यूनिवर्सिटी के लायक तो रह नहीं गया। यदि यह स्कैंडल चालू रहा तो क्या मुझे यहाँ नौकरी मिलेगी ?"

"मेरा ख़याल था कि तुम मेरी बेआबरूई से परेशान हो रहे हो।" सकीना बोली।

"आजकल नौकरी का महत्व किसी की आबरू से कम नहीं है।"

"तो नौकरी पाने के लिए तुम मुझे बदनाम भी कर सकते हो ?"

"जब तक तुम्हारा मियाँ तुम पर शक नहीं करता तब तक तुम्हें क्या परेशानी है ?" टोपी बोला। "प्रश्न यह है कि राखी वाली बात घर से बाहर कैसे गई ?"

दूसरे दिन यह बात भी घर से बाहर निकल गई। और जब रहमत की चाय की दूकान में कुछ लड़कों ने टोपी पर जुमलेबाज़ी की तो टोपी की खोपड़ी नाच गई।

"तुम्हारी सेहत क्यों खराब हो रही है ?" टोपी ने जलकर कहा।

घपला यह हो गया कि जिस लड़के से टोपी ने यह बात कही थी वह एक छोटा-मोटा घटिया-सा दादा था। उसने फ़ौरन आस्तीन चढ़ा ली।

टोपी को लड़ना-भिड़ना नहीं आता था। पिट गया।

शहर के समाचारपत्र इस ख़बर को ले उड़े। और यूनिवर्सिटी में इफ़्फ़न की क़ीमत गिरने लगी। यह बात सब मानते थे कि वह बहुत पढ़ा-लिखा और ज़हीन आदमी है। यह बात भी सब मानते थे कि वह बहुत मेहनत से पढ़ाता है। परन्तु अगर किसी टीचर की बीवी किसी स्टूडेंट से फँसी हुई हो तो उसका पढ़ा-लिखा होना बेकार है। इसलिए

यूनिवर्सिटी में यह बात आम तरीके से कही जाने लगी कि वह रीडर नहीं हो सकता। नतीजा यह हुआ कि डॉक्टर सुहैल क़ादरी का भाव बढ़ने लगा।

"यह डॉक्टर ज़र्ग़ाम के साथ नाइन्साफ़ी हो रही है।" डॉक्टर क़ादरी ने एक शाम को स्टाफ़ क्लब के एक ब्रिज टेबल पर कहा, "उनकी ज़ाती ज़िन्दगी से यूनिवर्सिटी को क्या ग़रज़ ? फ़र्ज़ कीजिए कि जो कुछ कहा जा रहा है वह ठीक भी है तो कहाँ लिखा है कि किसी टीचर की बीवी..."

"फ़ोर नो ट्रंप्स।" उनके पार्टनर ने कॉल दी।

"नो।"

"फ़ाइव क्लब्स।" डॉक्टर क़ादरी खेलने में लग गए।

अब जबकि इफ़्फ़न की रीडरी ख़तरे में पड़ी हुई थी, टोपी के लेक्चरर होने का सवाल ही कहाँ उठता था। चुनाँचे हिन्दी विभाग में अनवर मुजतबा ज़ैदी और रामविलास 'बेखटक' का भाव बढ़ने लगा।

अनवर मुजतबा ज़ैदी साहब 'बेखटक' जी से जूनियर थे। बेखटकजी का थीसिस सबमिट हो चुका था और ज़ैदी साहब का थीसिस चोरी हो गया था ! परन्तु उनका कहना था कि अलीगढ़ यूनिवर्सिटी चूँकि इकलौती मुसलिम यूनिवर्सिटी है इसलिए ज़ैदी साहब का हक़ साबित है। सारे हिन्दुस्तान की नौकरियाँ हिन्दुओं के लिए हैं तो क्या एक मुसलिम यूनिवर्सिटी भी मुसलमानों की नहीं हो सकती ?

नौकरी !

सुना जाता है कि पहले ज़मानों में नौजवान, मुल्क जीतने, लम्बी और कठिन यात्राएँ करने, खानदान का नाम ऊँचा करने के ख़्वाब देखा करते थे। अब वे केवल नौकरी का ख़्वाब देखते हैं। नौकरी ही हमारे युग का सबसे बड़ा ऐडवेंचर है ! आज के फ़ाहियान और इब्ने-बतूता, वासकोडिगामा और स्काट, नौकरी की खोज में लगे रहते हैं। आज के ईसा, मोहम्मद और राम की मंज़िल नौकरी है।

नौकरी ! तीन अक्षर और दो मात्राओं का यह शब्द आज के ख़्वाबों की कसौटी है। जो इस कसौटी पर खरा उतरे वही खरा है। नौकरी ही से घर और परिवार की कोंपलें फूटती हैं। अनवर मुजतबा ज़ैदी की शादी नौकरी पर ही टिकी हुई थी।

ज़ैदी अपनी चचाज़ाद बहन बिलक़ीस फ़ात्मा पर आशिक थे। बिलक़ीस फ़ात्मा भी उन पर दम देती थी। चचा भी अपनी बेटी को पाकिस्तान भेजना नहीं चाहते थे। हालाँकि वहाँ से बड़े अच्छे-अच्छे रिश्ते आ रहे थे। परन्तु मुज्जन मियाँ (अनसर मुजतबा ज़ैदी) को अगर नौकरी न मिली तो फिर मजबूरन उन्हें बिलक़ीस की शादी पाकिस्तान ही में करनी पड़ेगी।

पहले दिलों के बीच में बादशाह आया करते थे। अब नौकरी आती है। हर चीज़ की तरह मोहब्बत भी घटिया हो गई है।

...क्या बताऊँ ? हिन्दूगर्दी से नाक में दम आ गया है। अगर हमारे डिपार्टमेंट का हेड कोई मुसलमान होता तो मुझे यह नौकरी ज़रूर मिल जाती। मगर बिल्लो तुम दिल

थोड़ा न करो। कहीं-न-कहीं नौकरी मिल ही जाएगी। हिन्दुस्तान की आज़ादी ने बहुत गड़बड़ मचा रखी है।...

बिलक़ीस को यह ख़त मिला तो वह उदास हो गई; क्योंकि उसने तो किताबों में यही पढ़ा था कि लैला को मजनूँ और शीरीं को फ़रहाद नहीं मिलता। वह हर नमाज़ में दुआएँ माँगने लगी। पाक परवरदिगार तू उस मूए हेड का दिल फेर दे। तेरे इख़तियार में क्या नहीं है।...

परन्तु शायद उसकी आवाज़ पाक परवरदिगार तक नहीं पहुँची या शायद पाक परवरदिगार ने उसकी दुआओं का कोई खास नोटिस नहीं लिया क्योंकि टोपी के साथ-ही-साथ अनवर मुजतबा ज़ैदी भी कट गए। 'बेखटक' जी लिए गए।

दूसरी तरफ़ डॉक्टर क़ादरी रीडर हो गए।

तीसरी तरफ़ बिलक़ीस के लिए पाकिस्तान का एक रिश्ता मान लिया गया।

जो मिला उसी ने बेखटक को मुबारकबाद दी। किसी ने उससे यह नहीं कहा, "भई यह कैसे हो गया ! टोपी तो तुमसे ज़्यादा क़ाबिल आदमी है।" हमारे देश में पढ़े-लिखे होने का सबूत नौकरी है। इसीलिए किसी ने ज़ैदी साहब से भी यह नहीं कहा, "मियाँ तुम कहाँ टाँग अड़ा रहे थे ! बेखटक तुमसे अधिक पढ़ा-लिखा है।" अब यूनिवर्सिटियों में पढ़े-लिखे होने पर इतना ज़्यादा ध्यान नहीं दिया जाता।

नौकरी बड़ी क़ातिल चीज़ है। बाहर से जो एक्सपर्ट आते हैं उन्हें अपने भत्ते और अगली ट्रेन पकड़ने की जल्दी होती है। चुनाव हैड ऑफ़ दी डिपार्टमेंट ही करता है। और उसकी अपनी पसन्द और नापसन्द होती है। वह उसी को लेता है जिसे वह पसन्द करता है। और कभी-कभी तो वह यह भी नहीं कर पाता क्योंकि उस पर हजार तरह के दबाव पड़ते हैं।

"अब मैं यह भी नहीं कह सकता कि हिन्दू होने के कारण नहीं लिया गया।" टोपी ने कहा। "भाई मुझे आपकी बीवी के प्रेम ने कहीं का नहीं रखा।"

"और मुझे तुम्हारे प्रेम में कहीं का न रखा।" इफ़्फ़न ने कहा।

"तो आओ एक यूनियन ऑफ़ डिफीटैड लवर्ज़ बनाएँ।"

"यूनियन ऑफ़ डिफ़ीटेड लवर्ज़ !" इफ़्फ़न ने दाँत पीसकर कहा।

"अमें तुम्हें इस समय भी भाषा की पड़ी है !"

इफ़्फ़न हँस दिया।

"और अभी मैंने इस सेंचुरी की सबसे बड़ी ख़बर तो सुनाई ही नहीं।" टोपी ने कहा।

"क्या कहीं और नौकरी मिल गई ?" सकीना बोल पड़ी।

"नौकरी कहाँ से मिल जाएगी !" टोपी बोला। "मेरा स्कालरशिप बन्द हो गया।"

"जेल में ?" शबनम ने सवाल किया।

"हाँ।"

"तो उसने चोरी की होगी !"

"यह तो बड़ी बेहूदा बात है ?" इफ़्फ़न ने कहा।

"इसमें बेहूदगी की क्या बात है ?" टोपी ने कहा। "यूनिवर्सिटी का स्कालरशिप था। उसने बन्द कर दिया।"

"मगर क्यों ?" सकीना ने प्रश्न किया।

"क्योंकि मैं तुम्हारा आशिक़ हूँ।" टोपी ने बड़े ठाठ का 'श' निकाला।

"अंकल, यह आशिक़ क्या होता है ?"

"मैं तुम्हारी अम्मी पर जान देता हूँ।" टोपी ने कहा।

"सिस्टर आलेमा भी यही कह रही थीं।"

"अच्छा !"

"जी हाँ।"

"अपनी उस सिस्टर आलेमा से कह देना कि मैं उस पर भी जान देता हूँ।"

"वह तो इत्ती बुरी हैं।"

फिर भी शबनम ने सिस्टर आलेमा तक टोपी का पयाम पहुँचा दिया। फिर तो ग़ज़ब हो गया। सिस्टर अंग्रेज़ी बोलना भूल गईं। वहीं क्लासरूम में रोने लगीं। लड़कियाँ हक्का-बक्का रह गईं कि सिस्टर को हो क्या गया है। उन्हें सिस्टर के रोने से ज़्यादा उनके उर्दू बोलने पर आश्चर्य हो रहा था।

सिस्टर ने मदर सुपीरियर से शिकायत जड़ दी...

"आ'इल कमिट सुसाइड।" उन्होंने नाक का सड़ाका मारते हुए कहा।

मदर सुपीरियर ने वाइस चांसलर को फ़ोन किया। वाइस चांसलर ने प्राक्टर को। प्राक्टर के यहाँ से टोपी का पुर्ज़ा कट गया। और यह ख़बर सारी यूनिवर्सिटी में फैल गई कि टोपी दरअसल सिस्टर आलेमा सिद्दीक़ी से इश्क़ करता है।

उधर सिस्टर आलेमा ने अपने कमरे में जाकर आँसू पोंछे। आँखों को साफ़ करने के बाद वह आईने के सामने खड़ी हो गईं। उन्हें जो कुछ दिखाई दिया उसे देखते-देखते वह बिल्कुल बोर हो चुकी थीं। पक्का काला रंग, छोटी-छोटी मैली आँखें। चेचक के दाग़। सुराहीदार गरदन। कसी हुई नुकीली छातियाँ...अपनी छातियों को देखकर वह हमेशा शरमा जाया करती थीं और जल्दी-जल्दी कपड़े पहनने लगा करती थीं।

बदनामी का यह पहला पत्थर था जो उसके माथे पर लगा। वह जाने कब से उस पत्थर की राह देख रही थीं। यह पत्थर जो लगा तो सोया हुआ बदन जाग उठा।

वह उसी वक़्त मिस ज़ैदी से मिलने डिपार्टमेंट ऑफ़ इंगलिश की तरफ़ चल पड़ीं। रास्ते में दिखाई देनेवाली सुबुक भद्दी, खूबसरत और बदसूरत लड़कियों की तरफ़ उन्होंने पहली बार प्यार से देखा। उन तमाम लड़कियों का दर्द उनकी समझ में आ गया जो इश्क़ नहीं कर सकतीं तो हाय अल्ला माजिद भाई, हटिए हकीम भाई आपने तो मुझे डरा दिया...करने लगती हैं। उन्हीं के हॉस्टल में एक लड़की थी क़मर। वह तमाम लड़कियों को एक शायर के ख़त सुनाया करती थी। उन्होंने यह लिखा है और उन्होंने वह लिखा है। मेरी सालगिरह पर उन्होंने यह साड़ी भेजी है...तमाम लड़कियाँ उससे जलती

थीं कि आख़िर वह शायर उन्हें ख़त क्यों नहीं लिखता। फिर एक दिन क़मर की चोरी पकड़ी गई। वह शायर की तरफ़ से खुद ही अपने-आपको ख़त लिखा करती थी। जब यह भाँडा फूटा तो लड़कियों ने उसके सामने अपने और उस शायर के इश्क़ की बातें करनी शुरू कर दीं। वह बेचारी घर भाग गई तो यहाँ यह उड़ गई कि वह पेट गिरवाने गई है। फिर वह नहीं आई। आलेमा ने तै कर लिया कि आज वह क़मर को ख़त लिखेगी। वैसे उसे उड़ती-पड़ती-सी एक खबर मिली थी कि पाकिस्तान में किसी बड़े ऑफिसर से उसकी शादी हो गई है। इतने छोटे-से मुल्क में इतने बहुत सारे बड़े ऑफिसर्ज़ कैसे हैं आखिर ! हिन्दुस्तान इतना बड़ा मुल्क है। यहाँ तो लड़कियों को क्लर्क तक नहीं जुड़ते।

"हैलो !" मिस ज़ैदी ने कहा। "भई यह सुनकर बड़ा अफ़सोस हुआ। इट इज़ द लिमिट..."

सिस्टर आलेमा दिन-भर हमदर्दियाँ बटोरती रहीं।

बात यह है कि मुसलिम यूनिवर्सिटी के वातावरण में केवल बनावटी और घटिया प्यार हो सकता है। यहाँ लड़कियाँ इसलिए भेजी जाती हैं कि दूसरी लड़कियाँ जब अपने घर जाएँ तो उनकी बातें करें। इसलिए लड़कियाँ हर वक़्त चौकन्ना रहती हैं। लोगों की आँखें बचाकर इधर-उधर देखती रहती हैं—ऐसे में यहाँ के प्रोफ़ेशनल भाई बहुत कम आते हैं। यह भाई अपनी बहनें बदलते रहते हैं। परन्तु यह बात हद से आगे नहीं बढ़ पाती। अधिक-से-अधिक दो-एक पिक्चरें देख ली गईं। क़िले पर पिकनिक हो गई। छोटे-मोटे तुहफ़े आए-गए। हाथ-से-हाथ छू गए। आँखों का तिनका निकलवा लिया और एक-आध ख़त लिख-लिखा लिए गए। बात बहुत बढ़ी तो कुछ सहेलियाँ उधर राज़दार हो गईं और कुछ दोस्त-यार इधर। और अगर बात इससे भी ज़्यादा बढ़ी तो उधर किसी 'आपा' ने अपने कमरे में कोई ख़्वाब देख डाला और इधर किसी 'भाई' ने अपने कमरे में। ख़्वाबों की मंज़िल आते-आते इम्तिहानों के दिन आ जाते हैं। और भला इम्तिहान के दिनों में इश्क़ हिन्दुस्तानी फ़िल्मों के सिवा और कहाँ हो सकता है !

इस्मत चुग़ताई की 'टेढ़ी लकीरें' अभी तक बिलकुल सीधी नहीं हुई हैं।

सिस्टर आलेमा भी इस गरज़ से अलीगढ़ भेजी गई थीं कि किसी भाई की बहन उन्हें पसन्द कर ले। परन्तु ऐसा न हो सका। अब एक काली-कलूटी, कुचरी आँखों वाली चेचकज़दा सिस्टर आलेमा को कौन लड़की अपने भाई के लिए पसन्द करती ! उनसे जूनियर लड़कियाँ पसन्द कर ली गईं और उनके ब्याह भी हो गए। परन्तु सिस्टर आलेमा कोरे बरतन की तरह धरी-की-धरी रह गईं।

आलेमा को अंग्रेज़ी बोलने का बड़ा शौक़ था। इसलिए वह जब हाईस्कूल में थीं तभी से सिस्टर आलेमा कही जा रही थीं। हद तो यह है कि मुमताज़ आपा (प्रिंसिपल, गर्ल्ज़ कॉलेज) भी उन्हें सिस्टर आलेमा ही पुकारती थीं। फिर जब वह कान्वेंट में पार्ट टाइम टीचर हो गईं और मदर सुपीरियर के नीचे आ गई तो उन्हें सिस्टर होने से कौन रोक सकता था !

सिस्टर आलेमा में एक खास बात थी। वह कभी हिम्मत नहीं हारती थीं। इसीलिए तो टोपी का पयाम मिलते ही उनके दिल की कली यूँ खिली जैसे उसने बहार का पहला मौसम देख लिया हो।

उस रात वह सो न सकीं। टोपी के लिए उनका दिल दुखता रहा। हाय कहीं बेचारा रस्टिकेट न कर दिया जाए! मुझ मुरदों को भी क्या सूझी थी आख़िर कि तड़ से शिकायत कर बैठी! (सिस्टर आलेमा अंग्रेज़ी बोलती अवश्य थीं परन्तु सोच-विचार का काम वह अपनी मातृभाषा ही में करती थीं)।

सवेरे वह बहुत उदास उठीं।

"क्या रात सोई नहीं ?" बग़ल के कमरे वाली ने पूछा।

"सोई तो ! मगर बहुत बुरे-बुरे ख़्वाब देखे।"

"ख़्वाब !" वह लड़की हँसी। "ख़्वाब न देखा करो सिस्टर आलेमा ! जो ख़्वाब देखने में अच्छे लगते हैं वे तो और भी बुरे होते हैं !"

जिस लड़की ने यह बात कही उसका नाम महनाज़ था। मामूली शक्ल-सूरत की लड़की थी। पाँच-छह साल पहले जवान हुई थी। लेक्चरर थी। परन्तु वह जिसे पसन्द करती उसे कोई और लड़की हथिया लेती और वह फिर अकेली रह जाती। उसके लेटेस्ट आशिक़ डॉक्टर वहीद ने अभी कुछ दिनों पहले डॉक्टर शौकत फ़ारूक़ी से शादी कर ली थी—डॉक्टर मिस फ़ारूक़ी से ! (यह बताना ज़रूरी है कि मिस फ़ारूक़ी औरत थीं)।

डॉक्टर वहीद से जब उसका इश्क़ चल रहा था तो उसके सिवा तमाम लोगों को यक़ीन था कि इस बार उसकी शादी ज़रूर हो जाएगी। परन्तु खुद उसे यकीन नहीं आ रहा था।

डॉक्टर वहीद इश्क़ के सिलसिले में काफ़ी बदनाम आदमी थे। बस लड़की होनी चाहिए। उनकी लाइन ऑफ़ ऐक्शन भी निराली थी। वह अपनी बीवी से आजिज़ थे। वह अपनी घरेलू ज़िन्दग़ी के बारे में बहुत उदास होकर बातें करते और चारमीनार फूँकते रहते।

महनाज़ पर भी उन्होंने यही नुस्ख़ा आज़माया। महनाज़ वाजिदा की सहेली थी। उसे ये डाइलाग ज़बानी याद थे। वह डॉक्टर से नफ़रत करती थी कि उसने वाजिदा जैसी लड़की का दिल तोड़ा है। फिर भी डॉक्टर के उदास लहजे की लहर उसे बहा ले गई। और जब वह चौंकी तो उसने देखा कि वह दोनों किनारों से दूर है।

इसीलिए वह ख़्वाबों से डरने लगी थी।

"मैं उन ख़्वाबों की बात नहीं कर रही हूँ।" सिस्टर आलेमा ने कहा। उनकी आवाज़ में इतनी हसरत थी कि महनाज़ चौंक पड़ी। वह और उदास हो गई।

"यह टोपी है कौन ?" सिस्टर ने सवाल किया।

"हिन्दी में रिसर्च कर रहा है।" महनाज़ ने कहा। "और हिस्ट्री वाले ज़ैदी साहब की वाइफ़ सकीना ज़ैदी से फँसा हुआ है।"

"तो फिर..." सिस्टर रुक गईं।

महनाज़ आगे बढ़ गई। सिस्टर आलेमा कॉरीडोर में अकेली रह गईं। सुलतानिया हॉस्टल की दीवारें एकदम से बहुत ऊँची हो गईं। बिलकुल किसी जादुई फ़िल्म के जादुई महल की दीवारों की तरह। सिस्टर आलेमा ऐसी फ़िल्मों से नफ़रत करती थीं। फिर भी वह थोड़ी देर के लिए एक शहज़ादी बन गईं जिसे किसी जादूगर ने अपने जादुई महल में बन्दी बना रखा है। वह अपने शहज़ादे की राह देखने लगीं...

परन्तु शहज़ादा खुद बड़ी मुसीबत में था। मुख़तार साहब डिप्टी प्राक्टर उसे घिस रहे थे।

"तो आप सिस्टर आलेमा पर जान देते हैं।"

"मुख़तार साहब वह बात..."

"आपने इस पर भी ग़ौर नहीं किया कि वह उम्र में आपसे कितनी बड़ी हैं।"

"मुझे इस पर ग़ौर करने की ज़रूरत ही नहीं है क्योंकि..."

"आप उन पर आशिक़ हैं।" मुख़तार साहब ने टोपी की बात काटी।

"आप मेरी तो सुनते नहीं।" टोपी झल्लाने लगा।

"बकिए।"

"कहिए तो गंगाजल हाथ में लेकर कह दूँ कि मैं सिस्टर आलेमा से हरगिज़ इश्क़ नहीं करता। मैं तो उन्हें जानता भी नहीं।"

"गंगाजल मँगवाने में तो दुशवारी होगी।" मुख़तार साहब बोले, "क्योंकि गंगा यहाँ से तीस मिल दूर बहती है। इसलिए यह बताइए कि आपने ज़ैदी साहब की बच्ची के ज़रिए सिस्टर आलेमा तक कोई पयाम भेजा था या नहीं ?"

"अवश्य भेजा था। यदि सिस्टर आलेमा को यह कहने का अधिकार है कि मैं भाई—मेरा मतलब है ज़ैदी साहब की बीवी से लव करता हूँ तो मुझे यह कहने का अधिकार है कि मैं उनसे लव करता हूँ।"

"तुम यहाँ लव करने आए हो या पढ़ने ?" मुख़तार साहब को भी गुस्सा आने लगा। "तुम एक सीनियर स्टूडेंट हो, इसलिए इस पहली ग़लती पर तुम्हें माफ़ करता हूँ। तुम सिस्टर आलेमा से माफ़ी माँग लेना। मियाँ पी-एच.डी. करके घर जाओ। कम्युनिस्टों की दोस्ती तुम्हें ख़राब कर रही है।"

प्राक्टर ऑफ़िस से टोपी बहुत झल्लाया हुआ निकला। यह तो कोई बात नहीं हुई। उस सिस्टर आलेमा की तो ऐसी-की-तैसी...।

इत्तिफ़ाक़ से उसी दिन मिस ज़ैदी के घर सिस्टर आलेमा से उसकी पहली मुलाक़ात हो गई।

"सिस्टर, कल राखी का त्यौहार है। आ जाऊँगा। राखी बाँध दीजिएगा।"

सिस्टर हक्का-बक्का रह गईं।

दूसरे दिन छुट्टी लेकर वह घर गईं और फिर वापस नहीं आईं। उन्होंने इस्तीफ़ा दिया। यूनिवर्सिटी में टोपी कुछ दिनों तक खींचा गया। फिर लोग सिस्टर आलेमा को भूल गए।

सकीना से उनकी मुलाक़ात शिमला में हुई। वह वहाँ भी लड़कियाँ पढ़ाने का काम कर रही थीं।

"हाउ इज़ टोपी ?" अलीगढ़ की तमाम बातें कर लेने के बाद उन्होंने चुपके से सवाल किया।

"थीसिस लिख रहा है।"

"अब तक ?"

"अरे नौकरी न मिले तो क्या करे ? घर पड़े रहने से तो अच्छा है कि आदमी पी-एच.डी. ही कर ले।"

बारह

स्कालरशिप बन्द हो जाने से टोपी मुसीबत में फँस गया, क्योंकि मुन्नी बाबू तो नेता बन चुके थे। भैरव भी उसी रास्ते पर जा रहा था। असल में बेरोज़गारी की समस्या इतनी गम्भीर हो गई है कि हर नवयुवक केवल नेता बनने के ख़्वाब देख सकता है। भैरव और मुन्नी बाबू दोनों ही ने एक दृष्टि देखा। बाबू गोपीनाथ केवल एक बस-कण्डक्टर थे। पढ़े-लिखे बिलकुल नहीं थे। एक कच्चा-सा घर था—फिर जादू का डंडा घूमा। वह एम.पी. हो गए। अब उनके पास एक मोटर, दो कोठियाँ और दो भैंसे थीं। कई बैंकों में हिसाब था। उनका बेटा अमरीका में इंजीनियरिंग पढ़ रहा था। बेटी की शादी उन्होंने इस धूम से की कि लोग देखते रह गए। कलेक्टर उन्हें सलाम करता था...और क्या चाहिए किसी को ? इन दोनों में से किसी को डॉक्टर भृगु नारायण के नीले तेल में कोई दिलचस्पी नहीं थी।

परन्तु मुन्नी बाबू और भैरव ने दो अलग-अलग रास्ते चुने। मुन्नी बाबू को हिन्दू-संस्कृति और सभ्यता का नारा अच्छा लगा। आख़िर यह मुसलमान जो गो-हत्या करते हैं और जो एक विदेशी भगवान की पूजा करते हैं, यहाँ क्या कर रहे हैं। अगर ये सारे मुसलमान पाकिस्तान भेज दिए जाएँ तो जो नौकरियाँ इन्हें मिलती हैं वह भी हिन्दुओं ही को मिल जाएँगी।

नौकरी !

यह कैसा घिनौना शब्द है !

बात यह है कि दो बार ऐसा हुआ कि जिस जगह के लिए मुन्नी बाबू ने एप्लाई किया वह जगह एक मुसलमान को मिल गई।

यह नौकरी दोधारी तलवार है। एक तरफ़ हिन्दुओं को मुसलमानों से काटती है और दूसरी तरफ़ मुसलमानों को हिन्दुओं से ! हालाँकि बात यह है कि देश नया-नया आज़ाद हुआ है तो क्या उन लड़कों का नौकरियों पर अधिक अधिकार नहीं है जिनके बाप, मामू, दूर के चचा, दूर के मामू (दूर का बाप होता नहीं। या होता है ?)...गरज़ कि किसी भी रिश्तेदार ने आज़ादी की लड़ाई में हिस्सा लिया था ? बाक़ी लोग तो घरों में बैठे थे जब ये दूर-पास के रिश्तेदार गोलियाँ खा रहे थे। या अगर मैं किसी कमीशन का मेम्बर हूँ तो क्या उनके नीचे आनेवाली तमाम नौकरियों पर मेरे रिश्तेदारों या जाति-बिरादरी वालों का हक़ ज़्यादा नहीं हो जाता ? आम लोग तो पागल हैं। उनकी समझ में यह छोटी-सी

बात नहीं आती। इसलिए एक तरफ़ यह कहा जाता है कि कांग्रेस मुसलमानों की दुश्मन है। यह राज सेकुलर-वेकुलर किसी तरफ़ से नहीं है। सीधा-सादा हिन्दू राज है। देख लीजिए पुलिस, फ़ौज में मुसलमान रखे ही नहीं जाते। जब किसी से लड़ाई होगी तब पता चलेगा कि धोती महाराज तोप की आवाज़ सुनते ही लुटिया लेकर खेत की तरफ़ भागे जा रहे हैं। और दूसरी तरफ़ यह कहा जा रहा है कि यह सरकार मुसलमानों को मक्खन लगाती है। सारे मुसलमान पाकिस्तान के एजेंट हैं। लड़ाई हुई तो यह पाकिस्तान से मिल जाएँगे !

मुसलमान लड़कों के दिलों में दाढ़ियाँ और हिन्दू लड़कों के दिलों में चोटियाँ उगने लगीं। यह लड़के फ़िजिक्स पढ़ते हैं और कापी पर ओइम् या बिसमिल्लाह लिखे बिना सवाल का जवाब नहीं लिखते !

"साइंस पढ़ने से क्या होता है भाई !" टोपी ने जलकर कहा। "साइंटिफ़िक दृष्टिकोण भी तो हो।"

"यह क्या होता है ?" सकीना ने सवाल किया।

"साइंटिफ़िक एटीट्यूड शायद।" इफ़्फ़न ने कहा।

"जी हाँ !" टोपी जल गया। "अनुवाद करते रहिए बैठकर।"

"अमें तो मैं क्या करूँ ?" इफ़्फ़न भी बिगड़ गया।

"तुम औरंगजेब को डिफ़ेंड करते रहो। और कर ही क्या सकते हो ?"

"भई तुम्हारा स्कालरशिप मैंने तो बन्द करवाया नहीं है।"

"वह तो आपकी जौजा[1] ने बन्द करवाया।"

"टोपी, तुम अरबी-फ़ारसी न बोला करो खुदा के लिए।" सकीना ने हाथ जोड़कर कहा। "जौजा ! बीवी कह दिया होता।"

"तुम दोनों में मेरी दादी की आत्मा घुस गई है।" टोपी ने कहा। फिर इफ़्फ़न की तरफ़ मुड़ा। "मालूम है कि यूनियन के चुनाव में क्या हुआ ? जमाअत के लड़के ने साहब बाग और वी.एम. हाल से लीड किया है। इन दोनों हालों में इंजीनियरिंग और साइंस के लड़कों का बहुमत है।"

"बनारस में इंजीनियरिंग और साइंस के लड़के किसे वोट देते हैं ?" इफ़्फ़न ने सवाल किया। "जहाँ तक मुझे याद है, बनारस यूनिवर्सिटी यूनियन की कैबिनेट तक के लिए आज तक कोई मुसलमान लड़का नहीं चुना गया है। मेजर पोस्टों को तो गोली मारो।"

"भाई हम अलीगढ़ वालों को यह बड़ी बुरी लत पड़ गई है। जहाँ कोई बात हुई वहीं बनारस की बात निकल आती है। बनारस यूनिवर्सिटी एक हिन्दू यूनिवर्सिटी है। वहाँ सब-कुछ हो सकता है। परन्तु यहाँ ? यह पाकिस्तानी कारख़ाना बहुत दिनों नहीं चल सकता।"

---

1. जौजा : पत्नी।

"देखो।" सकीना चमकी, "यह हिन्दू मिट्ठू कैसा टायँ-टायँ बोल रहा है। वह यूनिवर्सिटी पाकिस्तानी कारख़ाना है ?"

"नहीं है तो और क्या है ? हिन्दुस्तान-पाकिस्तान में क्रिकेट के मैच हों तो यहाँ के लड़के मसजिदों में भीड़ लगा देते हैं दुआ माँगने के लिए। इन ईडियट लोगों को यह तक तो पता नहीं कि यहाँ अल्लाह मियाँ का जुरिज़डिक्शन नहीं है। और अगर हो भी तो तुम पाकिस्तान के जीतने की दुआ क्यों माँगते हो भाई ! और फिर रोएँगे कि हमें नौकरियाँ नहीं मिलतीं। हमसे वफा का सबूत माँगा जाता है। हमने सत्तावन में यह तीर मारा था और सन इक्कीस में वह तोप चलाई थी। कोई पूछे भक्कूओ, तुम सन साठ में क्या कर रहे हो ?"

"जाओ पूछ आओ।" सकीना ने चुमकारकर कहा।

"अमें मैं क्यों जाऊँ ? मरने दो कमबख़्तों को। मैं तो कल घर जा रहा हूँ।"

"क्यों ?"

"एक तो पिताजी को फुसलाना है। कहूँगा पी-एच.डी. तो कर ली। डी.'लिट भी कर लूँ तो डबल डॉक्टर बन जाऊँगा और तब नीला तेल बेचूँगा। डॉक्टर बलभद्र नारायण एम.ए., पी-एच.डी., डि.लिट ! गँवार इतनी बड़ी डिगरी देखकर रौब में आ जाएँगे। पैसों का आराम रहेगा। छह महीनों से एक धेला नहीं भेजा है पूज्य पिताजी ने। फिर एक काम और करना है। म्यूनिसिपैलिटी का चुनाव हो रहा है। बड़े भाई साहब जनसंघ के टिकट पर खड़े हो गए। छोटे भाई साहब कांग्रेस के टिकट पर। इसलिए मैं आज से कम्युनिस्ट हो गया हूँ। इन दोनों के बीच में जो कम्युनिस्ट खड़ा हो गया है उसको सपोर्ट करूँगा। कुछ मुसलिम यूनिवर्सिटी का हक़ भी अदा हो जाएगा। वह कम्युनिस्ट मुसलमान है। और मैं भाबी से इश्क़ लड़ाते-लड़ाते बोर भी हो गया हूँ।"

सकीना ने कुशन मारा, मगर टोपी निशाना खाली देखकर खड़ा हो गया। "अब केवल एक परेशानी है।"

"किराया नहीं होगा।" सकीना ने बड़े भोलेपन से कहा।

"हाँ।"

"मैं नहीं देने की।"

"परन्तु तुम यह सहन नहीं कर सकतीं भाबी कि तुम्हारा देवर बिना टिकट पकड़ा जाए। सोचो कि तुम्हारी इस महान यूनिवर्सिटी की कितनी बदनामी होगी जब पेपर्ज़ में यह न्यूज छपेगी कि अलीगढ़ मुसलिम यूनिवर्सिटी से पी-एच.डी. करके डी. लिट करनेवाला एक स्टूडेंट बिना टिकट यात्रा करते पकड़ा गया।"

"मैं कर लूँगी सहन।"

"तो उधार दो।"

"पहले ही के उधार तुमने कब वापस किए हैं !"

"सूद समेत लौटाऊँगा। या मेरे बाप को मरने दो। या फिर मुझे एक नौकरी मिल जाने दो।"

"शादी कर लो। फिर पैसे-ही-पैसे हैं।"

"घर में एक पैसे वाली बहू आ चुकी है। चन्द्रगुप्त से पहले के भारत का पोलिटिकल मैप है उसका मुँह। मैं किसी बिना पैसे वाली से करूँगा।"

"अपनी सूरत देखी ?"

"रोज़ देखता हूँ। सात रुपए होंगे। सात न हों तो दस या बीस से भी काम चल जाएगा।"

सकीना जानती थी कि पैसे तो उसे देने ही होंगे। टोपी को भी इसका यक़ीन था। परन्तु बीच वाले डाइलाग्स की आदत पड़ गई थी।

बात यह है कि सकीना और टोपी एक-दूसरे को बहुत चाहने लगे थे। परन्तु सकीना ने उसकी कलाई में राखी नहीं बाँधी।...

टोपी जिस डिब्बे में बैठा उसमें बड़ी भीड़ थी। शायद भीड़ ही हिन्दुस्तानी रेलों की सबसे बड़ी पहचान है। टोपी ने यूनिवर्सिटी वाली काली शेरवानी पहन रखी थी।

"मैं खा लूँ तो बैठिए।" खाना खाते हुए एक बेहद स्टाम्प पर लिखे हुए पण्डित जी ने कहा।

"क्या यह नहीं हो सकता कि आप खाना भी खाते रहें और मैं बैठ भी जाऊँ ?"

"तुम यहाँ बैठ जाओ बेटा !" पण्डितजी ने सामनेवाली बर्थ पर बैठे हुए एक नौजवान से कहा। वह आ गया। "आप वहाँ बैठ जाइए।"

"वहाँ क्यों बैठ जाऊँ ?"

"अरे तो क्या महाराज के सिर पर बैठोगे ?" एक तोंदवाला चीख पड़ा।

"यह बाबा का सिर है ?" टोपी ने बर्थ की लकड़ी बजाई।

"इस तरह ऐंठना हो तो पाकिस्तान जाओ।" तोंद बोली।

बात टोपी की समझ में आ गई। वह हँस पड़ा।

"माफ़ कीजिएगा।" बाबा से माफी माँगकर वह दूसरी बर्थ पर बैठ गया। परन्तु उसने यह अवश्य महसूस किया कि आस-पास बैठे हुए लोग उससे बहुत खफ़ा हैं।

पण्डितजी का खाना ख़त्म हो गया तो तोंदवाला पण्डित जी से बातें करने लगा। धीरे-धीरे आस-पास के लोग भी बातों में शामिल हो गए। आस-पास वालों में एक मुसलमान भी था।

"मगर सेठ साहब !" उस मुसलमान ने कहा। "अगर मैं मुसलमान हूँ तो इससे यह कहाँ साबित होता है कि मैं पाकिस्तानी हूँ या यह कि मैं हिन्दुस्तानी बनकर इस मुल्क में रहने को तैयार नहीं हूँ ?"

"आप इन्हीं श्रीमान् को देखिए।" तोंद ने टोपी की तरफ़ इशारा किया, "यह देख रहे थे कि बाबा भोजन कर रहे हैं किन्तु..."

"मैं हिन्दू हूँ।" टोपी ने कहा, "मैं बलभद्र नारायण शुक्ला हूँ। और चलिए मान लिया

कि मैं सेख सलामत हूँ तो क्या हुआ ? ये बेंचें यात्रियों के बैठने को लगी हैं। मैं बाबा का खाना छीन तो नहीं रहा था न। आप ही लोग मुसलमानों को भारत-विरोधी दल में ढकेल रहे हैं। क्या यह शेरवानी मुसलमान है ? यह तो कनिष्क के साथ आई थी। यह पाजामा भी कनिष्क ही का है।....”

“हिन्दू-मुसलमान का भेद-भाव झूठा है बेटा !” पण्डित जी ने कहा। “यह तो भगवान् की लीला है...”

“भगवान् बेचारे को क्यों घसीट रहे हैं पण्डित जी ! मैं हिन्दू हूँ, परन्तु कहीं मुझे एक नौकरी नहीं मिलती, क्योंकि मैं मुसलिम यूनिवर्सिटी में पढ़ता हूँ। मुझे आप अपने साथ नहीं बैठने देते, क्योंकि मैं शेरवानी पहने हुए हूँ। और यह तोंदवाले श्रीमान् तो मुझे पाकिस्तान भेजे दे रहे हैं। अरे बाबा, यदि मैं मुसलमान रहा होता तो तुम्हें खाता देखकर ख़ुद ही दो कदम पीछे हट गया होता। अब यह मुसलमान ही तो हैं। कैसे बैठे माफ़ी माँग रहे हैं मुसलमान होने की ! यह बेचारे आपसे यह नहीं कह सकते कि तुम होते कौन हो मुझ पर शक करनेवाले ! मैं भी एक भारतीय नागरिक हूँ। इनके दिल पर तो आज डर की एक और तह जम गई होगी। अब यह सफ़र करेंगे तो किसी ऐसे डिब्बे में बैठेंगे जिसमें दस-बीस मुसलमान भी हों। और जब कोई इनसे यह कहेगा कि हिन्दू मुसलमानों को चैन से नहीं रहने देंगे तब इन्हें यह यात्रा याद आएगी। यदि आप रेल के किसी आम डिब्बे में भोजन नहीं कर सकते तो सरकार से कहिए कि वह कुछ हिन्दू डिब्बे चलाए जिनमें आप आराम से भोजन कर सकें। श्रीराम तो भीलनी के जूठे बेर खा लें और आप मुझे अपने पास बैठने भी न दें कि मैं मुसलमान हूँ !...”

बग़ल में बैठे हुए मुसलमान का दिमाग़ इधर-से-उधर भागने लगा।

वह पचास-पचपन बरस का एक पढ़ा-लिखा आदमी था। पाकिस्तान का ख़्वाब उसने भी देखा था। उसने नारे भी लगाए थे। छपरा के सय्यद आबिद रज़ा को जूतों का हार पहनाने में वह आगे-आगे था, वह मुसलिम नेशनल गाडूर्स का सालार रह चुका था। उसे अपनी कई तक़रीरें याद आती रहती थीं। वह एक छोटा-मोटा-सा बड़ा आदमी था। तक़रीर करने खड़ा होता था तो पंडाल तक़रीर के नारों से गूँज उठा करता था। वह नमाज़ नहीं पढ़ता था। रोज़ा नहीं रखता था। शराब पीता था...परन्तु दीन-मोहम्मदी के बचाव के लिए वह भी खड़ा हो गया था। फिर पाकिस्तान बन गया। वह पाकिस्तान नहीं गया—वह कांग्रेसी हो गया ! ज़िला कमेटी का मेम्बर हो गया। परन्तु खद्दर के नीचे वह अब भी मुसलिम लीगी था। वह मौक़े की तलाश में था। पहले तो उसने पाकिस्तान जाने के बारे में सोचा। परन्तु जब उसने यह देखा कि छोटे-बड़े तमाम लीडर पाकिस्तान जा रहे हैं तो उसने अपना इरादा बदल दिया। उसने कहा तो यही कि वह मौक़ा-परस्त लीडरों की तरह मुसलमानों को हिन्दुओं के रहमो-करम पर नहीं छोड़ सकता। परन्तु दिल में वह मुसलमानों का बड़ा लीडर बनने का प्रोग्राम बना रहा था। दो बेटियों की शादी कर चुका था। वे पाकिस्तान में ख़ुश थीं। तीसरी के लिए पाकिस्तान में कोई वर नहीं

मिल रहा था और हिन्दुस्तान में तो ख़ैर लड़कों का काल ही था।

"...आप अगर मुसलमान घराने में पैदा हो गए होते तो ? पैदा होने पर किसका इख़्त्यार है भला..." टोपी की आवाज़ दूर से आ रही थी।

मलिकज़ादा अब्दुल वाहिद 'तमन्ना' ने टोपी की यह बात दिमाग़ की डायरी में नोट कर ली। वह मुसकराए। इस लड़के को बात कहना नहीं आता। उन्होंने आँखें बन्द कर लीं। सामने एक बड़ मजमा था–

"मैं पूछता हूँ।" उन्होंने अपनी आवाज़ सुनी। (अपनी आवाज़ उन्हें बहुत पसन्द थी) दोनों हाथों की उँगलियाँ उन्होंने शेरवानी की ऊपरी जेब में घुसेड़ लीं। "मैं सवाल करता हूँ कि अगर मैं मुसलमान घराने में पैदा हुआ तो इसमें मेरा क्या क़ुसूर है ? आपमें से कौन क़सम खाकर कह सकता है कि वह अपनी मरज़ी से किसी घराने में पैदा हुआ है ?" वह रुके और मजमे को देखकर मुसकराए। मजमा हँसने लगा।...

"...साहब आप ही बताइए !"

वह चौंके। तोंदवाला उनकी तरफ़ देख रहा था।

"जी हाँ और क्या !" उन्होंने झट से कहा।

"सुन लिया।" तोंदवाले ने टोपी से कहा।

टोपी हैरान रह गया। "आप यह कह रहे हैं कि मुसलमानों के बहुमत का दिल पाकिस्तान में लगा रहता है ?"

अच्छा तो यह बात थी !

वह मुसकराए। "सभी का दिल पाकिस्तान में लगा रहता है।" उन्होंने कहा। "क्या वह कल तक हमारे ही देश का एक अंग नहीं था ? आदमी चाँद की तरफ़ क्यों देखता है ? क्योंकि वह धरती का एक अंग है। हाँ, मेरा दिल पाकिस्तान में लगा रहता है क्योंकि उनकी बेवक़ूफ़ियों से हिन्दुस्तानी मुसलमानों को नुक़सान होता है।" 'तमन्ना' साहब ज़मीन और चाँद की उपमा से बहुत खुश हुए। इस उपमा को भी उन्होंने दिल की डायरी में नोट कर लिया।

तोंदवाले लाला नैनसुख प्रसाद इस तक़रीर के लिए तैयार नहीं थे, क्योंकि अपने इस प्रश्न पर उन्होंने हर मुसलमान को घबरा जाते देखा था। इसीलिए उन्होंने उस मुसलमान को ग़ौर से देखा जो उनका जाल काटकर अलग खड़ा मुसकरा रहा था।

"मुसलमान हमारे भाई हैं..." लालाजी ने कहना शुरू किया। "भूल-चूक सभी से हो जाती है। मैं तो आए दिन की तनातनी से डरता हूँ। मरते तो मुट्ठी-भर ही हैं, बाक़ी कारोबार महीनों के लिए ठप हो जाता है..."

टोपी को मतली होने लगी। वह जानता था कि बग़ल में बैठे हुए मुसलमान ही की तरह लालाजी भी झूठ बोल रहे थे।

वह उठकर पेशाब करने चला गया। वहाँ से निकलकर वह थोड़ी देर तक खिड़की से बाहर झाँकता रहा। हर तरफ़ रात थी। हर तरफ़ अँधेरा था। हर तरफ़ सन्नाटा था। रेल की खिड़कियों से प्रकाश झाँक रहा था। परन्तु रुकता कहीं नहीं था, क्योंकि रेल

चली जा रही थी। पल-भर को कोई चीज़ दिखाई देती। फिर अँधेरा उसे निगल लेता। वह बोर हो गया! हर तरफ़ फैले हुए अँधेरे का बोझ उसकी आत्मा पर पड़ रहा था। फिर अँधेरे का एक टुकड़ा उसकी आँख में पड़ गया। आँखें मलता हुआ वह अपनी सीट की तरफ़ चल पड़ा।

बहस ख़त्म हो चुकी थी। लालाजी की नाक बोल रही थी। पण्डित जी गेरुआ चादर तानकर लेट चुके थे। मुसलमान यात्री ने उनके पैरों को फैल जाने की इजाज़त दे दी थी। वह टोपी की जगह पर बैठा ऊँघ रहा था।

टोपी को देखते ही वह खड़ा हो गया। ऐसा लग रहा था जैसे उसकी चोरी पकड़ी गई हो।

"बैठिए, बैठिए।" टोपी ने कहा। "मैं आपकी जगह पर बैठ जाता हूँ।"

"मगर..."

"मैं इन्हें जगा दूँगा। मैं मुसलमान नहीं हूँ।"

पण्डित जी ने मुँह पर से चादर सरकाई।

"पैर समेट लीजिए।" टोपी ने कहा।

"क्यों ?" पण्डितजी ने कहा। "तुम अपनी जगह पर बैठो।"

"मैं कहीं और बैठ जाऊँगा।" मुसलमान यात्री ने कहा।

"कहीं और क्यों बैठ जाओगे ?" टोपी भन्ना गया। "क्या पाकिस्तान जाओगे ?"

उसकी आवाज़ के करारेपन ने पण्डितजी का पाँव समेट दिया। वह बैठ गया और दिल-ही-दिल में उस मुसलमान यात्री को गालियाँ देने लगा।

"आप कहाँ जा रहे हैं ?" मुसलमान यात्री ने पूछा।

"बनारस।"

"मैं भी वहीं जा रहा हूँ !"

"ज़रूर जाइए।"

"आप मुसलिम यूनिवर्सिटी में पढ़ते हैं ?"

"जी हाँ।"

"मैं भी वहीं पढ़ा करता था। दस मारसिन कोर्ट में रहा करता था।"

"मैं भी उसी कमरे में रहता हूँ।"

इतना ही बहुत था। दोनों में दोस्ती हो गई। अलीगढ़ की बातें निकल आईं। फिर दोनों किसी बात पर ज़ोर से हँस पड़े। लालाजी की आँख खुल गई।

"कौन इसटेशन है ?" उन्होंने घबराकर पूछा।

"कोई स्टेशन नहीं है।" टोपी ने कहा।

"कहाँ जा रह्यो ?"

"घर।" टोपी ने दाँत निकाल दिए। "मेरे पिताजी डॉक्टर हैं, नीले तेल वाले। हम तीन भाई हैं। एक का विवाह हो गया है। दो का नहीं हुआ है। डाक का पता..."

"तूँ भिरगू बाबू के लड़के हो का ?"

"हाँ।"

"ई आख़िर मुन्नी बाबू अउर भैरो बाबू आपुसे में काहें लड़ रहे हैं ?"

"आपुसे में ना लड़ें त कैसे लड़ें ?"

लालाजी इस प्रश्न पर हँस पड़े।

"त तू हूँ खड़े हो गए होत्यो ?"

"हम पंडित जी के सोये के वासते ना खड़े हो सकते।"

पंडितजी ने अपना वह पाँव, जो धीरे-धीरे टोपी की कमर तक फैल गया था, समेट लिया।

"डॉक्टर साहब हमरे क्लासफ़ेलो रहे।..."

टोपी किचकिचाकर कुछ कहना चाहता था, परन्तु रुक गया। पिताजी ही क्या कम थे कि अब रेलों में उनके क्लासफ़ेलो भी मिलने लगे। उसे डर था कि अगर उसने लाला जी का मुँह बन्द न किया तो बनारस तक पिता जी की बात होती रहेगी। परन्तु अब तो वह यह भी नहीं कह सकता था कि वह डॉक्टर भृगु नारायण नीले तेल वाले का बेटा नहीं है। उसने बड़ी बेबसी से उस मुसलमान यात्री की तरफ़ देखा।

"हिन्दुस्तान-पाकिस्तान में युद्ध अवश्य होगा।" दीवार के पीछे से आवाज़ आई। बग़ल वाले केबिन से राजनीति का प्रेत बोला।। "तब मियाँ लोगों को आटे-दाल का भाव मालूम होगा।"

"पता है, अकबर के ख़िलाफ़ महाराना परताव के साथ कितने मुसलमान थे ?" किसी ने सवाल किया, "और शिवाजी के सारे ख़त फ़ारसी में हैं ? अगर हिन्दुस्तान-पाकिस्तान में लड़ाई हुई तो यह दो मुल्कों की लड़ाई होगी, दो मज़हबों की नहीं।"

"लड़ाई किसी की हो। मियाँ लोग साथ पाकिस्तान ही का देंगे।"

"पाकिस्तानी हिन्दू किसका साथ देंगे ?" प्रश्न किया गया, "वफ़ादारी की तराजू में दो ही पल्ले होते हैं मिस्टर !"

सन्नाटा हो गया !

"सारे भारतीय मुसलमान पाकिस्तानी कुत्ते हैं।"

"हिन्दुस्तान के आदमियों को पाकिस्तानी कुत्ता कहते शर्म नहीं आती ? सिर पर चुटिया उगा लेने से आदमी भगवान् नहीं हो जाता।"

"मुसलमानी करवा लेने से आदमी पैगम्बर भी नहीं हो जाता। यहाँ रहना है तो हिन्दू बनकर रहना पड़ेगा।"

"तो वहाँ के हिन्दुओं को मुसलमान बनकर रहना पड़ेगा।"

"ईहो फसिल बिगड़ गइल।" सामनेवाले केबिन से आवाज़ आई। "भगवान् रूठ गइल बाड़न।"

"कहाँ के हो ?"

"बलिया जिला का हईं। मंजूरी करे के गइल रहलीं। बाकी अब मजूरियो ना बाय।"

"हरीऽऽ...ओ३म्। हरीऽऽ...ओ३म्। टोपी के पास वाले पण्डित जी उठ बैठे।

"हिन्दुस्तान-पाकिस्तान युद्ध समाप्त हो गया हो तो सो जाइए।" टोपी ने उधर झाँककर कहा।

उस केबिन के बाक़ी लोग खिलखिलाकर हँस पड़े और टोपी के सामने बैठे हुए मुसलमान यात्री ने इतमीनान की एक साँस ली।

तेरह

शाम की चाय के वक़्त मेज़ पर तूफ़ान आ ही गया।

टोपी घर पहुँचा तो दोनों भाई चुनाव की मीटिंगों में भाषण देने गए हुए थे। डॉक्टर साहब अपनी दूकान पर थे। रामदुलारी ने उसे सीधे गंगा नहाने के लिए भेज दिया। वह क्या करता ? अपने एक दोस्त के घर जाकर वह नहाया। टैप से भी तो गंगा ही का पानी आता था आख़िर तो गंगा तक जाने की क्या ज़रूरत थी ?

"किसका इलकशन लड़ाने आए हो ?" दोस्त ने पूछा। इस दोस्त का नाम विशम्भर था। बहुत ही कट्टर प्रकार का अराजनीतिक आदमी था। 'चित्रा' में उसके कपड़े की दुकान थी। यह दूकान उससे पहले उसके पिता और उनसे पहले उसके दादा की रह चुकी थी। उसका कहना था कि राजनीति धन्धे को चौपट कर देती है। दूकानदार को राजनीति से क्या काम ? चमार, मुसलमान और ठाकुर...सभी गाहक हैं। वह दूकानदार ही क्या जो अपने गाहकों को खुश न रख सके ! चुनाव के दिनों में जो भी आता वह उसी को वोट देने का वादा कर लेता। वह जनसंघी भी था और मुसलिमलीगी भी। कई मुसलगान परिवार उराके दादा के ज़माने से उसके गाहक थे। उनमें से दो पाकिस्तान चले गए। पाकिस्तान न बना होता तो वे अब भी उसी के गाहक होते। उसकी राजनीति यही थी। परन्तु टोपी से यह पूछना भी जरूरी था कि वह किसका काम करेगा।

"हम कल्लन का एलकशन लड़ाएँगे।" टोपी ने कहा।

इस जवाब के लिए विशम्भर जैसा अराजनीतिक आदमी भी तैयार नहीं था।

"कल्लन ?"

"हाँ।"

विशम्भर हँस पड़ा। उसे यक़ीन था कि टोपी मज़ाक़ कर रहा है। परन्तु घर पर शाम को चाय पीते समय जो बात हुई उसे किसी ने मज़ाक़ नहीं समझा।

"यह तो मुसलिम यूनिवर्सिटी से आया है। तुम्हारा ही काम करेगा।" मुन्नी बाबू ने टोपी की तरफ़ इशारा करते हुए भैरव से कहा।

"बहुत से ऐसे लोग भी मेरा काम कर रहे हैं जो मुसलिम यूनिवर्सिटी से नहीं आए हैं।" भैरव ने कहा, "यह तो अपने-अपने कनविक्शंज़ की बात है भैया ! आप मुझसे पोलिटिकल बातें न किया कीजिए। जनसंघ देश को पीछे ले जाना चाहती है।"

"और तुम अपने बैलों की जोड़ी में मुसलमानों को हल की तरह जोतकर देश को

आगे ले जाना चाहते हो ? यह नेहरू देश का बेड़ा ग़र्क़ करके दम लेगा। मुसलमान मोतीलाल, फिर सय्यद हसन के ज़माने से नेहरू परिवार की कमज़ोरी बन गए हैं।"

"वेश्या के कोठे का दीपक देश-भर को प्रकाश नहीं दे सकता।"

मुन्नी बाबू यह सुनकर उखड़ गए। उन्हें पता था कि कांग्रेस के लाउडस्पीकर पर तो राजनीति बघारते हैं और कानाफूसी यह करते हैं कि मुन्नी बाबू बोर्ड को दालमंडी बना देंगे। परन्तु यह उन्होंने कभी सोचा भी नहीं था कि यह बात भैरव कहेगा—और उनके मुँह पर कहेगा।

"आप सुन रहे हैं पिताजी ?"

"सभी सुन रहे हैं।" टोपी ने कहा, "और आपने जो कुछ कहा था उसे भी सबने सुना था।"

"मैंने ठीक कहा था।"

"वह तो पता नहीं।" टोपी ने कहा। "परन्तु भैरव अवश्य ठीक कह रहा है। नाम है जनसंघ और देश के किसी देहात में इस पार्टी का ऑफ़िस तक नहीं है। इसका नाम जनसंघ नहीं बनिया संघ होना चाहिए भैया !"

"तो आप भैरव बाबू का इलकशन लड़ाने पधारे हैं ?" मुन्नी बाबू बोले।

"जी नहीं।" टोपी ने कहा। "मैं कल्लन का इलकशन लड़ाने आया हूँ।"

"उस मुसलमान का ?" मुन्नी बाबू और भैरव ने एक साथ प्रश्न किया।

"भैरव बाबू, आपको हिन्दू-मुसलमान से क्या मतलब ? आप तो सेकुलरिज़्म और सोशलिज़्म की बात करते होंगे। टिकट के वास्ते कांग्रेसी हो गए हौ का ?"

"अब ई घर की ई दसा होगइल बाय कि तूँ भय्यन के खिलाफ एगो मियाँ का चुनाव लड़ाए के आइल बाड़ा ?" रामदुलारी बेचैन हो गई। "ए ही मोए कहत रहलीं की एके अल्लीगढ़ उल्लीगढ़ ना भेजे के चाही...।"

उस रात रामदुलारी को नींद नहीं आई। उसकी समझ में यह नहीं आ रहा था कि कोई भाई अपने भाइयों का विरोध कैसे कर सकता है—और वह भी एक मियाँ के लिए ?

रामदुलारी राजनीति नहीं जानती थी। वह मुसलमानों की दुशमन भी नहीं थी। यह बात उसने उड़ती-पड़ती सुन ली थी कि कोई पाकिस्तान बन गया है। परन्तु हिन्दी के समाचारपत्रों से उसे यह बात अवश्य मालूम हो चुकी थी कि सरहद पार के मुसलमानों ने हिन्दुओं पर बड़े जुल्म तोड़े हैं। इसीलिए वह मुसलमानों से डरने लगी थी। इसीलिए जब टोपी अलीगढ़ भेजा जा रहा था तो उसने विरोध किया था। और आख़िर वही हुआ जिसका उसे डर था। टोपी मुसलमानों से मिल गया था। वह इसी पर हैरान थी कि मुन्नी बाबू और भैरव में ठन गई है—परन्तु बलभद्र ने तो प्रलय ही कर दिया। कल-युग में जो न हो जाए वह कम है। वह अभी यह तै नहीं कर पाई थी कि मुन्नी बाबू और भैरव में कौन अर्जुन है और कौन दुर्योधन कि बलभद्र आ गया—यह बलभद्र क्या है ?

खुद टोपी के दिमाग में उसकी तसवीर बहुत साफ नहीं थी। उसमें यह परिवर्तन केवल राजनीतिक चेतना के आधार पर नहीं हुआ था। इस परिवर्तन में उसके लड़कपन

का हाथ भी था। उसका लड़कपन मुन्नी बाबू के उतरन पहनने में गुज़रा था। उसका लड़कपन भैरव के अधिकारों को मानने में गुज़रा था। उसे यह बात मालूम नहीं थी कि वह अपने दोनों भाइयों से नफ़रत करता है। परन्तु कल्लन ? कल्लन कहाँ से आ गया ? स्टूडेंट्स फ़ेडरेशन में जाने के बाद भी उसने कम्युनिस्ट विचारधारा को पूरी तरह मान नहीं लिया था। वह कई प्रश्नों पर कम्युनिस्ट पार्टी की विचारधारा से सहमत नहीं था। जब वह कम्युनिस्ट पार्टी का मेम्बर हो गया तब भी कई बातों पर उसका विरोध जस-का-तस रहा। वह पार्टी को इस बात पर माफ़ नहीं कर सकता था कि उसने जंग में अंग्रेज़ों का और पाकिस्तान के बारे में मुसलिम लीग का साथ दिया था। फिर कल्लन कहाँ से आ गया ? अगर वह बनारस न आता तो किसी को ख़याल भी न आता। परन्तु वह बनारस आया। क्यों आया ? उसके मन की गहराई में कहीं यह ख़याल डंक मार रहा था कि सकीना ने उसे राखी नहीं बाँधी। इसी राखी के कारण वह अब तक सलीमा से अपने प्यार की बात तक नहीं बता सका था। उसके सामने किशनसिंह और सीमा, डॉक्टर रईस और शक्ति के जोड़े थे। फिर भी वह सलीमा से अपने प्यार की बात करने से डरता था।

सलीमा शाहजहाँपुर के एक पठान परिवार की बेटी थी। चम्पई रंग और बड़ी-बड़ी काली आँखों वाली। सलीमा जब अलीगढ़ आई थी तो कट्टर हिन्दू-दुश्मन थी। अलीगढ़ आने के बाद पहली बात उसने यह सुनी कि सकीना टोपी से फँसी हुई है। यह सुनकर उसे सकीना और टोपी दोनों से नफ़रत हो गई।

फिर एक दिन जब हिन्दी विभाग के एक जलसे में टोपी ने एक पेपर पढ़ा तो वह टोपी से भिड़ गई। उसने हिन्दी को हिन्दुओं की भाषा कहा और नतीजा यह निकाला कि हिन्दुओं की भाषा राष्ट्रीय भाषा नहीं हो सकती।

"...उर्दू किसी लेक्चरर की बीवी नहीं है कि कोई उसे फँसा ले..." टोपी का काला रंग लाल हो गया।

सारी यूनिवर्सिटी में सनसनी फैल गई। अब्दुल्ला हॉल से लेकर वी.एम. हॉल तक सन्नाटा हो गया।

यह उसी दिन की बात है जिस दिन से कथाकार ने यह कहानी शुरू की थी और टोपी ने इफ़्फ़न से कहा था कि वह किसी मुसलमान लड़की से प्यार करना चाहता है। यह बात कहते वक़्त टोपी के ध्यान में दूर-दूर सलीमा नहीं थी। परन्तु जब बाद में उसने सोचा तो उसे शक होने लगा।

एक, दो, तीन, चार बरस गुज़र गए। टोपी जो कहता सलीमा उसका विरोध करती। सलीमा जो कहती टोपी उसका मज़ाक़ उड़ाता...ये बातें इतनी बढ़ीं कि दोनों के नाम एक साथ लिए जाने लगे। सलीमा को टोपी की सलीमा कहा जाने लगा और टोपी को सलीमा की टोपी !

आप कथाकार से यह प्रश्न न करें कि सलीमा की बात उसने इतनी देर के बाद क्यों छेड़ी। सलीमा की बात छेड़ने का अवसर यही है। मैं कोई आपको टोपी और

सलीमा की प्रेम-कहानी तो सुना नहीं रहा हूँ। परन्तु इस समय जहाँ हम हैं वहा सलीमा की बात निकाले बिना काम नहीं चल सकता। यदि ऐसा न होता तो मैं आपको सलीमा की बात ही न बताता। कथाकार का कर्तव्य यह नहीं है कि वह अपने हीरो के विषय में सब-कुछ ही बता डाले। सारी ज़िन्दगी बड़ी बोरिंग होती है। कथाकार यह बोरिंग हिस्से छाँट देता है। जो अपने पात्रों के जीवन के बोरिंग हिस्से न काट सके वह कथाकार नहीं है। कथाकारी की कला सुनने से ज़्यादा न सुनाने की कला है। परन्तु यह तभी सम्भव है जब कथाकार अपने कैरेक्टर्ज़ के बारे में सब-कुछ जानता हो। मैं टोपी के बारे में सब-कुछ जानता हूँ इसीलिए मैंने इतनी दूर आकर सलीमा की बात निकाली है। अगर सलीमा की बात शुरू ही में छेड़ दी जाती तो आप इस कहानी को भी एक साधारण प्रेम-कहानी समझकर सलीमा को हीरोइन मान लेते और यह सोचकर ख़ुश या नाख़ुश होने लगते कि एक हिन्दू लड़के और एक मुसलमान लड़की का इश्क़ लड़वाकर मैं नेशनल इंटिगरेशन का काम कर रहा हूँ। परन्तु मैं जानता हूँ कि इश्क़ लड़वा देने से इंटिगरेशन नहीं होता। अगर ऐसा होता तो प्रेमचन्द के 'मैदाने-अमल' का अंजाम कुछ और ही होता।

इसलिए मैं आपको फिर यह बताना चाहता हूँ कि यह टोपी की प्रेम-कथा नहीं है बल्कि उसकी जीवनी है। इसलिए सलीमा को इस कहानी की हीरोइन मान लेने की भूल करने की राय मैं नहीं दूँगा।

बात यह है कि सकीना और टोपी की बात केवल मुसलिम यूनिवर्सिटी में सीमित नहीं रह गई थी। छुट्टियों में लड़के घर जाते हैं। छुट्टियाँ न हों तो पैसे मँगवाने के लिए लड़के ख़त लिखते हैं। चुनाँचे इन लड़कों और ख़तों के साथ बातें भी यात्रा करती हैं।

सबसे पहले यह बात मुन्नी बाबू को मालूम हुई कि टोपी एक मुसलमान लेक्चरर की बीवी सकीना से फँसा हुआ है। मुन्नी बाबू ने यह बात सबसे पहले बिसमिल्लाजान को बताई। अब आप मुझसे यह न पूछिए कि मुन्नी बाबू और बिसमिल्लाजान का क्या तुक है। ख़ुद मैं भी यह देखकर बहुत हैरान हुआ था। परन्तु अगर मुन्नी बाबू को भी दालमंडी के भरे-पूरे बाज़ार की सैकड़ों हिन्दू रंडियों को छोड़कर मुसलमान बिसमिल्लाजान पसन्द आईं तो मैं क्या करूँ ?

"तो इसमें घबराने की क्या बात है ?" बिसमिल्लाजान ने कहा। "मैं भी तो मुसलमान हूँ। अम्माँ पिछले ही साल तो हज कर आई हैं।"

"वह रंडी नहीं है।"

"आप बड़े भोले हैं।" बिसमिल्लाजान ने मुसकराकर कहा। "आपको क्या पता कि कौन रंडी है और कौन रंडी नहीं है। मैं आपको इस बाज़ार में न मिलती तो क्या आप मुझे रंडी मानते ? क्या यह बात मेरे माथे पर लिखी है कि मैं रंडी हूँ ?"

"मगर..."

"मँझले मियाँ की शादी कर दीजिए। आपकी शादी भी तो आपको मुन्नी बाई से बचाने ही के लिए की गई थी।"

"पता नहीं वह कहाँ होगी।"

"वह ग़ाज़ीपुर के एक ख़ाँसाहब के घर बैठ गई है।"

"क्या !" मुन्नी बाबू चौंक पड़े। "मुन्नीबाई किसी ख़ाँसाहब के घर बैठ गई है ?"

"जी हाँ।"

"मगर यह कैसे हो सकता है।"

"क्यों ?"

"क्या वह मुसलमान हो गई ?"

"किसी के घर बैठे रहने के लिए मुसलमान हो जाने की शर्त कब से लग गई ?"

मुन्नीबाई का गुस्सा मुन्नी बाबू ने टोपी पर उतारा। उन्होंने वह ख़त डॉक्टर साहब को दिखा दिया। डॉक्टर साहब चुप रह गए। अगर सकीना किसी की बीवी न रही होती तो शायद वह परेशान हुए होते। परन्तु जब कुछ दिनों बाद वैसा ही एक ख़त भैरव ने दिखाया तो वह कुछ परेशान हुए और जब एक रात यही बात रामदुलारी ने बताई तो वह सोच में पड़ गए और उन्होंने टोपी को घाटे पर ब्याह देने का फ़ैसला कर लिया।

रिटायर्ड थानेदार बालकृष्ण की इकलौती लड़की को कोई वर नहीं मिल रहा था। तो उसे एक वर मिल गया। यह बिलकुल इत्तिफ़ाक़ है कि उन्हीं दिनों कल्लन का चुनाव लड़ाने के लिए टोपी आ गया।

"तो तुम भाइयों के ख़िलाफ़ इलेक्शन लड़ाने आए हो ?" डॉक्टर साहब ने पूछा।

"जी हाँ।"

"तुम्हें लाज नहीं आती ?"

"अगर उन्हें लड़ने में लाज नहीं आई तो मुझे लड़ाने में क्यों आए ?"

"क्या तुम कम्युनिस्ट हो गए हो ?"

"जी हाँ।"

"सकीना कौन है ?"

टोपी चुप हो गया। उसने अपने बाप की आँखों में आँखें डाल दीं।

"वह मेरी कीप नहीं है।"

"तो कौन है ?"

"मेरे बचपन के एक दोस्त की वाइफ़ है।"

"मगर..."

"पिताजी मैं..." उसने डॉक्टर साहब की बात काटनी चाही।

"मैंने बाबू बालकृष्ण राय की बेटी से तुम्हारी बात पक्की कर दी है।" डॉक्टर साहब ने उसकी बात काट दी।

"मैं यह शादी नहीं करूँगा।"

डॉक्टर साहब अपने घर में इस तरह की बातें सुनने के आदी नहीं थे। बिगड़ गए।

"नहीं करोगे तो निकल जाओ मेरे घर से।"

"हिन्दू लड़का पैदा होते ही हक़दार हो जाता है।" टोपी ने कहा, "परन्तु मैं उस

घर में रहना भी नहीं चाहता जिसने कभी मेरी बात न पूछी हो और जिसमें मुझ पर अपनी बहन के साथ फँस जाने का आरोप लगाया गया हो।”

वह चुपचाप कमरे से निकल गया। दिन-भर तो किसी को ख़याल भी नहीं आया कि वह कहाँ है। परन्तु जब रात आ गई और वह नहीं आया तो रामदुलारी परेशान होने लगी और तब डॉक्टर साहब ने उसे बताया कि उन्होंने उसे घर से निकाल दिया है।

“का ?” रामदुलारी कराह उठी।

“हाँ।”

“कानी कहाँ होई...”

टोपी उस समय वेटिंग रूम में बैठा सलीमा को ख़त लिख रहा था।

...तुम चाहो तो यह ख़त मुमताज़ आपा को दिखा दो। और वह चाहें तो मेरा रस्टिकेशन करवा दें। फिर भी मैं आज तुमसे यह कहना चाहता हूँ कि मैं तुमसे इतना डरता हूँ कि तुम्हें अपने-आपसे दूर नहीं रख सकता। क्या हम शादी नहीं कर सकते ? तुम कह सकती हो कि तुम मुसलमान हो और मैं हिन्दू। बच्चे बहुत चितकबरे होंगे। परन्तु क्या यह नहीं हो सकता कि बच्चों की बात हम बच्चों ही पर छोड़ दें ? आज पिता जी ने मुझे घर से निकाल दिया है। वह भी यही सोचते हैं कि मैं सकीना से फँसा हुआ हूँ।...

टोपी ने इस ख़त को कई बार पढ़ा। फिर उसने वह ख़त फाड़ दिया। वह यह ख़त भेज नहीं सकता था। उसे मालूम था कि ऐसे ख़त केवल सस्ती कहानियों में लिखे जाते हैं। जीवन में इस प्रकार के ख़तों की कोई गुंजायश नहीं है। परन्तु यह ख़त लिखकर सीने का बोझ हलका हो गया। यह बात बरसों से उसके हलक़ में फँसी हुई थी। वह लेट गया और सलीमा के बारे में सोचने लगा।

सवेरे उठकर उसने चाय पी। और जब चाय ने रात की थकन धो दी तब उसने यह सोचना शुरू किया कि अब क्या करना चाहिए। सारी ज़िन्दगी स्टेशन पर तो गुज़ारी नहीं जा सकती।

वह सीधा कल्लन के घर गया। कल्लन ने उसे देखकर दाँत निकाल दिए।

“मैं चुनाव तक यहीं रहूँगा।”

“यहाँ ?” कल्लन चौंक पड़ा।

“हाँ। पिता जी ने मुझे घर से निकाल दिया है।”

यह बात न डॉक्टर साहब ने सोची थी, न मुन्नी बाबू या भैरव ने कि टोपी डंके की चोट पर यह कह देगा कि उसे घर से निकाल दिया गया है।...

कथाकार आपको टोपी की तक़रीरें सुनाकर बोर करना नहीं चाहता, क्योंकि हीरो की परम्परा के अनुसार टोपी को अच्छा स्पीकर होना तो चाहिए था परन्तु वह बहुत ही बुरा स्पीकर था। इसलिए मैं चुनाव की गहमागहमी को छोड़ रहा हूँ। मुझे या आपको कल्लन या मुन्नी बाबू की हार-जीत में क्या दिलचस्पी हो सकती है। चुनाव टोपी के जीवन का हिस्सा नहीं था। परन्तु घर से निकाला जाना अवश्य एक महत्त्वपूर्ण घटना है। उसने

इफ़्फ़न को एक ख़त लिख डाला—

...आज मुझे पता चला कि तुम्हारे बाबा आदम जन्नत से निकाल दिए जाने पर कितने खुश हुए होंगे। जन्नत भी मेरे पिता के घर की तरह बड़ी ही बोरिंग जगह रही होगी। अमें भाई यह भी कोई बात हुई कि मैं तुम्हारी पत्नी से फँसना चाहूँ तो पिताजी से इज़ाज़त माँगूँ। अब तो मेरा कोई घर भी नहीं रह गया है। एक नौकरी, एक घर और एक घरवाली का बन्दोबस्त तुरन्त करो...

इफ़्फ़न ने यह ख़त सकीना को दिखा दिया।

"इजाज़त को उसने इज़ाज़त लिखा है, लेकिन उसका ख़त गौरतलब है।"

"अगर उस कलूटे से फँस जाने पर मुझे एतराज़ नहीं तो उसके झंडूस बाप डॉक्टर, न मालूम कौन नराएन शुक्ला को क्या एतराज़ हो सकता है ?" सकीना ने प्रश्न किया।

इफ़्फ़न ने कोई जवाब नहीं दिया।

"टोपी अंकल का घर कहाँ है बाबा ?" शबनम ने पूछा।

"अब उसका घर यहीं है बेटा !"

"मैं उस हिन्दू को अपने बरतनों में नहीं खिला सकती।" सकीना चमकी। "हमें यूँ भी चाय के एक सेट की ज़रूरत है।"

बात ख़त्म हो गई। शबनम क़ालीन पर औंधी लेटकर अंकल टोपी की तसवीर बनाने लगी। इफ़्फ़न अख़बार पढ़ने लगा और सकीना बावरचीख़ाने की तरफ़ चली गई।

चौदह

अलीगढ़ आने के बाद टोपी को पहली ख़बर यह मिली कि सलीमा की शादी हो गई। यह ख़बर उसे शबनम ने दी। वह जब स्टेशन से सीधा इफ़्फ़न के घर पहुँचा तो घर पर शबनम के सिवा कोई नहीं था। इफ़्फ़न यूनिवर्सिटी जा चुका था और सकीना पड़ोस में थी।

"टोपी अंकल, बड़ा मज़ा आया।" शबनम ने कहा।

"क्या हुआ ?"

"सलीमा ख़ाला की शादी हो गई।"

"तो मज़ा क्या आया ?"

"हम लोग जानेवाले थे। गाड़ी छूट गई।" शबनम हँस पड़ी।

टोपी को उदास होने का तो कोई हक़ था नहीं। इसलिए वह बावरचीख़ाने में जाकर चाय बनाने की तैयारी करने लगा। शबनम भी उसके पीछे-पीछे बावरचीख़ाने में आ गई। बोली–

"अंकल, मैं बहुत बोर हो रही हूँ।"

"क्या हो रही है तू ?" टोपी चौंका।

"बोर।"

"तुम भी बोर होने लगीं।"

"क्या करूँ ? सभी बोर हो रहे हैं। बोर क्या होता है अंकल ?"

"बोर बोर होता है।"

"अम्मी ने आपके लिए एक स्वेटर बुना है।"

"कैसा है ?"

"बड़ा अच्छा है। अंकल, आप हिन्दू हैं ना ?"

"क्यों ?"

"कल मैं आंटी शाहेदा के यहाँ गई थी। तो वह आंटी महमूदा से हिन्दुओं की बुराई कर रही थीं। मैंने कहा, वाह ! हिन्दू तो अंकल टोपी भी हैं। वह तो बड़े अच्छे हैं। दोनों हँसने लगीं। आंटी शाहेदा ने कहा, माँ को अच्छा लगता है तो बेटी को क्यों न अच्छा लगेगा ? क्या आप अम्मी को बहुत अच्छे लगते हैं ?"

"तेरी सलीमा आंटी की शादी कब हुई ?"

था जिसका एक ख़त उसके तकिए के नीचे रखा हुआ था। उसने वह ख़त फिर पढ़ना शुरू किया। ख़त उर्दू में था।

सुक्कन मेरी बहन ! मैं लड़ाई के मैदान में हूँ, पता नहीं क्या होनेवाला है। हर तरफ़ न ख़त्म होनेवाली बर्फ़ का अटूट सिलसिला है। मैं बहुत अकेला हूँ क्योंकि मेरे पास तेरी राखी नहीं है। तू इतना क्यों बदल गई है सुक्कन ?...

दो महीने पहले का लिखा हुआ ख़त उसे दो दिन पहले मिला था और उसी दिन के अख़बार में यह ख़बर भी थी कि कर्नल रमेश लद्दाख के मोर्चे पर लड़ते हुए मारे गए। यह ख़बर पढ़कर सकीना अपने बक्स में रखी हुई राखियों को गिनने लगी थी। इसी में तो देर हो गई थी, गाड़ी छूट गई थी और वह सलीमा की शादी में न जा सकी थी। उसने इफ़्फ़न को भी यह बात नहीं बताई थी कि उसके बक्स में राखियों की लाश है और घर में लाश छोड़कर शादी में कैसे जा सकती है। और यह टोपी पूछ रहा है कि मैं उसे राखी क्यों नहीं बाँध देती ?

उसने अपने बक्स से चौदह राखियाँ निकालीं। हर राखी को प्यार करने के बाद उसने उन्हें फिर बक्स में रख दिया।

"ए भाबी !" टोपी ने दरवाज़े से आवाज़ दी।

"क्या है ?"

"क्या कर रही हो ?"

"सोच रही हूँ।"

"क्या सोच रही हो ?"

"यह सोच रही हूँ कि मैंने आख़िर तुममें क्या देखा कि अपने चाँद जैसे मियाँ को भूलकर तुमसे फँस गई।"

"चाँद दाढ़ी नहीं रखता।" इफ़्फ़न ने कमरे में आते हुए कहा। "यार टोपी, इस ख़ुदा की बन्दी को परसों से जाने क्या हो गया है ! बैठे-बैठे ग़ायब हो जाती है।"

परन्तु सकीना यह फ़ैसला कर चुकी थी कि वह किसी को अपने इस ग़म में शरीक नहीं करेगी। उसका ग़म था भी तो ऐसा कि किसी को उसका समझाना बहुत मुश्किल था। सब जानते थे कि वह हिन्दुओं से नफ़रत करती है। परन्तु यह कोई नहीं जानता था कि उसके बक्स में तले-ऊपर चौदह राखियाँ रखी हुई हैं। इन दोनों में से सच्चा कौन था ? उसकी वह नफ़रत जिसे सब जानते थे, या वे राखियाँ जिन्हें कोई नहीं जानता था ? सच और झूठ में फ़र्क़ करना कोई आसान नहीं है। यह बात शायद सकीना को भी नहीं मालूम थी कि उसकी नफ़रत झूठी है या उसकी राखियाँ।

"प्राब्लम्ज़ ऑफ़ नेशनल इंटिगरेशन पर आज इरफ़ान हबीब एक पेपर पढ़ रहे हैं। सुना है कि इक़तिदार आलम ख़ाँ भी कोई चौंका देनेवाली बात कहनेवाले हैं।" इफ़्फ़न ने टोपी से कहा।

"भाई ख़ाँ चौंका देनेवाली बात कहने में हातिम हैं।" टोपी बोला।

"किसी के पेपर पढ़ने से इंटिगरेशन नहीं हो सकता।" सकीना बोली। "और जो

हुआ भी तो लोग ज़्यादा-से-ज़्यादा आले अहमद सुरूर और रवीन्द्र भ्रमर हो जाएँगे। नहीं भाई, मुझे सीधे-सादे कम्युनल हिन्दू-मुसलमान ज़्यादा पसन्द हैं।"

"जब कहोगी उल्टी ही बात कहोगी।" टोपी ने कहा।

"उल्टी क्या है ?" सकीना बिफर गई। "क्या सुरूर साहब ने डॉक्टर सतीश के ख़िलाफ़ निज़ामी को प्रोफ़ेसर बनाने के लिए एक पूरा इसलामी मोर्चा नहीं बना लिया था ? और फिर क्या उन्हीं ख़लीक़ निज़ामी को यहाँ के नव्वाब कम्युनिस्ट ने इरफ़ान हबीब के मुक़ाबले में प्रोफ़ेसर नहीं बना दिया ? इस यूनिवर्सिटी में सिर्फ़ मौक़ापरस्त बसते हैं। कुछ दिनों में डान विमेंज़ कॉलिज की प्रिंसिपल हो जाएँगी और तुम...उसने इफ़्फ़न की तरफ़ इशारा किया, "तुम लेक्चरर-के-लेक्चरर रह जाओगे। यहाँ मजनूँ गोरखपोरी को जगह नहीं मिलेगी और ख़्वाजा मसऊद अली ज़ौक़ी को तरक़्क़ी मिलेगी। यह मुल्क अबरार मुस्तफ़ाओं, जज़बियों, भ्रमरों और नूरुलहसनों के लिए है। इस मुल्क में टोपियों और इफ़्फ़नों के लिए कोई जगह नहीं है। यहाँ शहर के रईसों की लड़कियाँ सप्लाई करनेवाली आपाएँ मेरे बारे में यह कहेंगी कि मैं टोपी से फँसी हुई हूँ। और डॉक्टर को यह बात बताने के फ़ौरन बाद ही वह किसी लड़की का पेट गिरवाने की बात करने लगेंगी। यहाँ मेरा दम घुट रहा है। मुझे ले चलो यहाँ से।..."

टोपी और इफ़्फ़न दोनों ही सकीना का मुँह देखते रह गए और सकीना फूट-फूटकर रोने लगी।

"इसीलिए तो कहता हूँ कि राखी बाँध दो।" टोपी ने कहा।

"क्यों बाँध दूँ राखी ?" सकीना चीख पड़ी। उसकी बड़ी-बड़ी स्याह आँखों से लाली झाँकने लगी। "मैं यहाँ की कोई आपा नहीं हूँ। मैं जिसे राखी बाँधती हूँ वह मर जाता है।"

"कौन मर गया ?" इफ़्फ़न ने घबराकर सवाल किया।

"परन्तु..." टोपी ने मुँह खोला।

"एक हिन्दू मर गया।"

सकीना पागलों की तरह रोने लगी। इफ़्फ़न उसके सिरहाने बैठकर उसके बाल सुलझाने लगा। टोपी ने कमरे में अपने-आपको बिलकुल फ़ाज़िल पाया। वह सकीना को छू नहीं सकता था। वह जहाँ था वहीं खड़ा भी नहीं रह सकता था। उसने ड्रेसिंग टेबल की चीज़ों को एक क़तार में रखना शुरू किया। यह काम मिनट-भर में हो गया। सकीना अभी तक रो रही थी। इफ़्फ़न उसके बाल सुलझा रहा था। टोपी उन्हें कमरे में छोड़कर निकल आया। शबनम एक पलंग पर लेटी गुनगुना रही थी—

जैक ऐंड जिल
वेंट अप द हिल...

टोपी जैक के क़िस्से में फँसना नहीं चाहता था, नहीं तो वह हमेशा की तरह यह कहता कि आख़िर उस जैक को पहाड़ पर जाने की ज़रूरत ही क्या थी ? और यह सुनकर शबनम लड़ पड़ती और समय कट जाता।

"परसों।"

"तुम कब आ गए ?" सकीना ने घर में घुसते ही हाँक लगाई।

"थोड़ी देर हुई। शबनम से ख़बरें सुन रहा था।"

"तो तुम्हें उस डॉक्टर न मालूम कौन शुक्ला ने बिलकुल निकाल दिया ?"

"डॉक्टर न मालूम कौन नहीं। डॉक्टर भृगु नारायण शुक्ला नीले तेल वाले।"

"होंगे।"

"होंगे नहीं, हैं।" टोपी बोला, "तुमसे फँसने का मतलब यह तो नहीं कि मेरे बाप का नाम डॉक्टर न मालूम कौन हो जाए ?"

"सूरत देखी है अपनी।" सकीना चमकी।

"रोज़ देखता हूँ।"

"मैं इनसे फँसूँगी !"

"सारी दुनिया कह रही है।" टोपी बोला, "शबनम कह रही थी कि सलीमा की शादी हो गई।"

"हाँ।"

"एक मुसलमान लड़की पर किसी तरह आशिक़ हुआ तो उसकी शादी हो गई।"

"इफ़्फ़न ने तुम्हारी तरफ़ से एप्लीकेशन भेज दी है।"

"किसी लड़की के बाप के पास ?"

"अब यह तो मुझे नहीं मालूम।" सकीना ने कहा, "वैसे वह इस यूनिवर्सिटी का रजिस्ट्रार है।"

"जब तक तुम मुझसे फँसी हुई हो मैं यहाँ लेक्चरर नहीं हो सकता और भाई रीडर नहीं हो सकते ! सोच रहा हूँ कि तुम्हें छोड़ दूँ।"

सकीना सन्नाटे में आ गई। यह किसी और की आवाज़ थी।

"बको मत।"

"मैं बक नहीं रहा हूँ, मुझे तुम्हारी या अपनी या भाई की परवा नहीं है। परन्तु यह शबनम..."

"मेरी बेटी अरनतू-परनतू नहीं हो सकती।"

"इस बात को हँसकर कब तक टालती रहोगी ! तुम मुझे राखी क्यों नहीं बाँध देतीं ?"

"यहाँ के मुल्लों से डरकर ? यहाँ की जमीला, अनीसा, क़ुदसिया आपाओं से डरकर ? यहाँ के डरपोक कम्युनिस्टों से डरकर ? मैं किसी हिन्दू को राखी नहीं बाँध सकती। तुम्हारे बाप डॉक्टर न मालूम कौन नीले तेल वाले ने तुम्हें घर से निकाल दिया है। तुम्हारे भाई ने इस घर में तुम्हारे लिए एक कमरा ख़ाली कर दिया है। हिम्मत हो तो हमारे साथ रहो।"

टोपी का जवाब सुने बग़ैर सकीना अपने कमरे में चली गई। वह रोना चाहती थी, परन्तु वह टोपी और शबनम के सामने रोना नहीं चाहती थी। उसे रमेश याद आ रहा

"कौन मर गया ?" जैसे जैक ऐंड जिल ने प्रश्न किया। परन्तु टोपी ने जवाब नहीं दिया। वह बहुत उदास था। वह जानता था कि सकीना की नफ़रत झूठी है। इसीलिए उसे इस बात का दुःख नहीं था कि सकीना उसे राखी बाँधने से इनकार कर रही है। उसे दुःख इस बात का था कि सकीना रो रही थी।

बहादुर पानवाले की दूकान पर हमेशा की तरह भीड़ थी। पान-सिगरेट के सिवा अब बाज़ारों में कोई ऐसी चीज़ रह भी तो नहीं गई है जिसे सब खरीद सकें। बाक़ी बाज़ार ऊँघ रहा था। 'टी कारनर' और 'कोज़ी कारनर' में कुछ लड़के रेडियो सीलोन का प्रोग्राम सुन रहे थे। लाला की दूकान पर 'तसवीर महल' के पोस्टर कुछ उदास-उदास दिखाई दे रहे थे। अमीन हमेशा की तरह किसी लड़के की हजामत बना रहा था और शायद उसे यह बता रहा था कि सदर अय्यूब को हजामत बनवाने का कितना शौक था। और नव्वाबज़ादा लिआकत अलीख़ाँ ने चार रोज़ शेव नहीं करवाया क्योंकि वह एक शादी में चला गया था। क्या ज़माना था !...

सब-कुछ वैसा ही था। डॉक्टर नूरुलहसन के फाटक के सामने लगा हुआ राइडिंग क्लब का बोर्ड बेपरवा-सा खड़ा ताँगों-इक्कों के घोड़ों की लीद की महक सूँघ रहा था और एक मोची सिर झुकाए किसी बोसीदा चप्पल के पुराने पेबन्द पर नया पेबन्द चढ़ा रहा था।...

सब-कुछ वैसा ही था।

टोपी के पास से कुछ लड़के किसी लड़की की बातें करते हुए गुज़रे। फिर एक लड़के पर लड़कों के एक गोल ने जुमलों की बाढ़ मारी। वह लड़का सिर झुकाए चला गया।

'रहमत कैफ़े' के सामने लड़कों में चल गई। चाकू निकल आए। एक थाई लड़के ने एक लड़के की नाक तोड़ दी। प्राक्टोरियल बुल ने थाई लड़के से कुछ नहीं कहा और ज़ख़्मी लड़के का नाम-पता नोट किया जाने लगा।

एक ट्रक रास्ते की पगली लड़की को कुचलता हुआ आगे चला गया। ऑल इंडिया रेडियो से ख़बरें आने लगीं।

"अमें क्या बाबा ने निकाल दिया ?" किसी ने टोपी के कन्धे पर हाथ रख दिया।

"हाँ।" टोपी ने जवाब दिया।

सवाल करनेवाला एक सीनियर दादा था।

"कभी हमें भी मिलवाओ अपनी सकीना से।"

यह पहला मौक़ा था जब किसी ने उसके सामने सकीना का नाम इस बेदर्दी से लिया था। वह तिलमिला गया।

बग़ल से गुज़रनेवाले लड़के खिलखिलाकर हँसे। उन्होंने दादा की बात नहीं सुनी थी। वे तो आपस में हँसे थे। परन्तु टोपी को ऐसा लगा जैसे वे उसी पर हँस रहे हों। फिर सारा बाज़ार हँसने लगा। सिनेमा के पोस्टर और राइडिंग क्लब के बोर्ड हँसने लगे।

"शट अप !" टोपी ने कहा।

सारे क़हक़हे बन्द हो गए।

शमशाद मार्केट की साँस रुक गई। चेहरा उतर गया। बहादुर जल्दी-जल्दी पान लगाने लगे। सय्यद हबीब एक गाहक से बातें करने लगे। इधर-उधर वाले लड़के चायख़ानों में चले गए। टोपी का हलक़ सूख गया। उसका दिल ज़ोर-ज़ोर से धड़कने लगा।

"शट अप !" दादा ने कहा। उसे हैरानी थी कि उसकी आँखों-में-आँखें डालकर कोई 'शट अप' कैसे कह सकता है ! वह भरे बाज़ार में जैसे नंगा हो गया था। 'शट अप !' वह फिर बड़बड़ाया।

टोपी अपनी जगह खड़ा रहा।

"यह भागता क्यों नहीं ?" दादा ने अपने-आपसे प्रश्न किया।

उसके बाद जो कुछ हुआ उसे बढ़ा-चढ़ाकर बयान करने की ज़रूरत नहीं। इतना जान लेना काफी है कि टोपी को होश आया तो वह अस्पताल में था। उसके बदन पर चाकू के कई घाव थे और प्राक्टर साहब को शमशाद मार्केट में कोई गवाह नहीं मिल रहा था। वार करनेवाले को कोई पहचानता नहीं था।

कठपुले के पास जलसे होने लगे। कॉलिजों में हड़ताल हो गई। बाज़ार बन्द हो गए। कानाफूसी होने लगी। लोग जल्दी-जल्दी घर जाने लगे...

बलवा हो गया। फिर बलवा सारे पच्छिमी यू.पी. में फैल गया। मेरठ, शाहजहाँपुर, बरेली, हाथरस, खुर्जा...लाशें, लाशें, लाशें।

लाश !

यह शब्द कितना घिनौना है ! आदमी अपनी मौत से, अपने घर में, अपने बाल-बच्चों के सामने मरता है तब भी बिना आत्मा के उस बदन को लाश ही कहते हैं और आदमी सड़क पर किसी बलवाई के हाथों मारा जाता है, तब भी बिना आत्मा के उस बदन को लाश ही कहते हैं। भाषा कितनी ग़रीब होती है ! शब्दों का कैसा ज़बरदस्त काल है ! कितनी शर्म की बात है कि हम घर पर मरनेवाले और बलवे में मारे जानेवाले में फ़र्क नहीं कर सकते, जबकि घर पर केवल एक व्यक्ति मरता है और बलवाइयों के हाथों परम्परा मरती है, सभ्यता मरती है, इतिहास मरता है। कबीर की राम की बहुरिया मरती है। जायसी की पद्मावती मरती है। कुतुबन की मृगावती मरती है, सूर की राधा मरती है। वारिस की हीर मरती है। तुलसी के राम मरते हैं। अनीस के हुसैन मरते हैं। कोई लाशों के इस अम्बार को नहीं देखता। हम लाशें गिनते हैं। सात आदमी मरे। चौदह दूकानें लुटीं। दस घरों में आग लगा दी गई। जैसे कि घर, दूकान और आदमी केवल शब्द हैं जिन्हें शब्दकोशों से निकालकर वातावरण में मँडराने के लिए छोड़ दिया गया हो !...

आप यह न सोचना शुरू कर दें कि कथाकार भाषण क्यों देने लगा ? क्षमा चाहता हूँ। परन्तु मैं कोई लीडर नहीं हूँ। मेरे पास कहने के लिए इतनी बातें हैं कि मुझे भाषण देने की जरूरत नहीं है। ये बातें टोपी ने कही थीं। और यूँ ही कही थीं। ये बातें कहने

में उससे प्रोनंसियेशन की कोई ग़लती भी नहीं हुई।

समाचारपत्र, रेडियो, नेता और सारे हिन्दू तथा सारे मुसलमान बलवे के बारे में सोचने लगे। सब यह भूल गए कि एक टोपी भी है जो अस्पताल में पड़ा शायद मर रहा है। बस सकीना ने उसे याद रखा। वह रोज़ अस्पताल जाती। सारे मरीज़, तमाम डॉक्टर, कम्पाउण्डर्ज़, भंगी, रिक्शेवाले, प्रोफ़ेरार, रीडर, उनकी बेगमें, और धर्मपत्नियाँ उसे हैरत से देखतीं। परन्तु वह सिर उठाए हुए जाती। सिर उठाए बैठी रहती और सिर उठाए लौट आती।

टोपी इसी प्रश्न पर भाषण देता रहता। शबनम उकताकर बाहर लॉन में चली जाती। परन्तु लौटकर आती तो देखती कि भाषण चल रहा है।

"तुम यह क्यों नहीं समझतीं कि बलवा एक लोकलाइज़्ड फिनोमिना है। जब जमशेदपुर में बलवा हो रहा था तो क्या अलीगढ़ में तुम्हें नींद नहीं आ रही थी ?"

"मेरी बात छोड़ो।" सकीना ने कहा, "मुझे तो यूँ भी नींद नहीं आती।"

"क्यों ?"

"राखियाँ साँप बनकर मेरे बदन पर रेंगने लगती हैं।"

"राखियाँ ?"

"हाँ।"

"तुम पागल हो।" टोपी हँस पड़ा।

"हँसो मत। डॉक्टर ने हँसने को मना किया है।"

"हद हो गई। डॉक्टर लोग अब हँसने पर भी रोक लगाने लगे। अपने देश में हँसने के मौके ही कहाँ आते हैं !"

"यह तुम लोग हर बात को पोलिटिकल क्यों बना देते हो ?"

"क्योंकि हमें नारा लगाने और भाषण देने में मज़ा आता है।"

"इफ़्फ़न ने दाढ़ी मुँड़वा दी।"

"क्या ! कब और क्यों ? और फिर कब रखनेवाले हैं। ?"

"पता नहीं।"

यह बात इफ़्फ़न को भी नहीं मालूम थी कि उसने दाढ़ी रखी क्यों थी और रखी ही थी तो मुँडवायी क्यों ? जब बलवे शुरू हो गए तो वह बहुत उदास हुआ। फिर एक दिन सकीना ने देखा कि वह बाज़ार से शेविंग सेट ख़रीद लाया। सकीना ने कोई सवाल नहीं किया।

"अरे मुझे दिखलाओ उस दाढ़ी-मुँडे को।"

"वह दिल्ली चले गए हैं।"

"क्यों ?"

"उन्होंने रिज़ाइन कर दिया है।"

"भाई को मैं इतना डरपोक नहीं समझता था।" टोपी रो पड़ा। "भाई मुझे छोड़के और मुझे बताए बिना ही दिल्ली चले गए।"

"अब यहाँ रहना इम्पासिबल हो गया है टोपी !"

"क्यों ?"

"सब-कुछ जानकर अनजान न बनो।"

"तो फिर तुम यहाँ क्यों आती हो ?"

"तुम कहो तो न आया करूँ।"

यह कहकर वह कमरे से इतनी तेज़ी से निकल गई कि टोपी कुछ कह भी न पाया। वह बच्चों की तरह तकिए में मुँह छिपाकर रोने लगा।

वह सकीना और इफ़्फ़न से रूठ गया था, इसीलिए जब सकीना शाम को फिर आई तो वह सकीना से नहीं बोला। सकीना भी नहीं बोली।

"अब क्यों आई हो ?" उसने जलकर सवाल किया, "गई तो बहुत अकड़के थीं।"

"क्या मैं तुम्हारी लौंडी हूँ कि तुमसे पूछ-गछके आया-जाया करूँ ?" सकीना बिगड़ गई, "तुम अपने को समझते क्या हो ? तुम्हें यह हक़ किसने दिया कि तुम मुझसे इस क़िस्म के सवाल करो ? आपे में रहा करो ज़रा। दिमाग़ ज़्यादा ख़राब न हो।"

टोपी हक्का-बक्का रह गया।

पन्द्रह

इफ़्फ़न का इस्तीफ़ा मान लिया गया। उसका इस्तीफ़ा नहीं माना तो टोपी ने।

"बात यह है टोपी, कि जब तुम अस्पताल में थे तो मैं बिलकुल अकेला पड़ गया। हम लोग एक-दूसरे के बग़ैर अधूरे हैं। मैं सकीना की बेहुरमती झेल सकता था। मगर न मैं इसे भूल सकता हूँ और न सकीना कि यह बलवा सकीना ही की वजह से हुआ..."

"फुज़ूल बातें न करो।" टोपी ने यह कहकर इफ़्फ़न और सकीना की तरफ़ देखा। उसे यक़ीन था कि उनमें से कोई-न-कोई उसे ज़रूर टोकेगा कि फुज़ूल नहीं फ़ुज़ूल और फिर सब-कुछ ठीक हो जाएगा। परन्तु उसे किसी ने नहीं टोका। उसे बड़ा दुःख हुआ 'जिन्दगी जैसे बिलकुल खोखली हो गई।'

"भाई साले, तुम यह क्यों भूल जाते हो कि तुम मुसलमान हो। मुझे नौकरी नहीं मिलती तो तुम्हें कहाँ मिलेगी !" टोपी झल्ला गया।

"अंकल, गाली बकते हो।" शबनम ने टोक दिया।

"तुझे किसने बताया कि साला गाली है ?" टोपी ने सवाल किया।

"देखो टोपी !" इफ़्फ़न ने कहा, "यूँ झल्लाने से कोई फ़ायदा नहीं।"

"तो क्या पाकिस्तान जाओगे ?"

"नहीं। मैं पाकिस्तान कैसे जा सकता हूँ ! मोहर्रम में इमाम हुसैन हिन्दुस्तान आते हैं। इस साल उनसे मुलाक़ात करके पूछूँगा कि सच बोलने की सज़ा आदमी को कब तक मिलती रहेगी।"

"जब तक आदमी झूठ बोलता रहेगा।" टोपी ने जवाब दिया, "कल मैं एक इंटरव्यू देने जा रहा हूँ।"

"कहाँ ?"

"सनातन धर्म डिगरी कॉलेज, बहराइच।"

"क्यों जा रहे हो ? तुम्हें नौकरी नहीं मिलेगी।" सकीना ने कहा।

"मैं बलवों का हीरो हूँ। तुमने हिन्दी के पेपर तो देखे नहीं। मेरी बड़ी-बड़ी तसवीरें छपी हैं। पिता जी महोदय का ख़त आया था कि उन्होंने मुझे क्षमा कर दिया है और एक बहुत बड़े घर में मेरे शुभ विवाह की बात चला रहे हैं। मेरे होनेवाले फ़ादर-इन-लॉ ने दिल्ली में मुझे एक बड़ी नौकरी, एक बहुत बड़ी कार, एक छोटी-सी कोठी और एक बड़ा सा बैंक बैलेंस देने का वादा किया है।"

“झट-से शादी कर लो।” सकीना ने कहा।

“अंकल टोपी, मैं घुमूँगी तुम्हारी कार में।” शबनम ने कहा।

“हाँ-हाँ। तेरे घूमने के लिए मुझे शादी करनी ही पड़ेगी।”

“तो मैं जाकर शोभा और फुल्ली को बता आऊँ ?”

“क्या बताओगी ?”

मगर शबनम अपनी सहेलियों को यह ख़बर सुनाने चली गई कि अंकल टोपी को एक बड़ी-सी कार मिलनेवाली है।

“बच्चे कितनी छोटी-छोटी बातों पर खुस हो जाते हैं।”

“खुस नहीं खुश।” सकीना ने कहा।

टोपी ज़िन्दा हो गया।

उसने उसी दिन डॉक्टर साहब को लिख दिया कि उसे बड़ी-सी कार-वार नहीं चाहिए। यह ख़त उसने सकीना या इफ़्फ़न को नहीं सुनाया।

ख़त को चुपके-से लेटरबक्स में डालकर वह गाड़ी में बैठ गया। रास्ते-भर वह इंटरव्यू के बारे में सोचता रहा। साहित्य के इतिहास को उसने दिल-ही-दिल में दुहरा डाला। साहित्य की समस्याओं पर उसने फिर से विचार कर डाला। और जब वह इंटरव्यू के कमरे में गया तो वह पूरी तरह तैयार भी था और यह भी जानता था कि उसे नौकरी नहीं मिल सकती।

“यह आपकी यूनिवर्सिटी में आए दिन दंगे क्यों होते रहते हैं ?” पहला सवाल हुआ।

साहित्य !

साहित्य का इतिहास

साहित्य की समस्या !

“इस यूनिवर्सिटी को बन्द कर देना चाहिए।” एक और एक्सपर्ट बोले।

साहित्य की परम्परा !

सभ्यता का सिलसिला !

“आप रसखान को हिन्दू मानते हैं या मुसलमान ?” सवाल हुआ।

“मैं तो जायसी को भी हिन्दू मानता हूँ।” टोपी ने कहा, “और ग़ालिब और मीर को भी !”

“अपने विचार पर प्रकाश डालिए।”

“ग़ालिब बुतों की पूजा करते थे। पूरा उर्दू-काव्य ही बुतों की पूजा करता है। मीर ने तो तिलक तक लगा लिया था। क़शक़ा खींचा दैर में बैठा, कब का तर्क इसलाम किया।”

“इस दृष्टि से अब तक सोचा ही नहीं गया था।”

“अब भी बहुत देर नहीं हुई है।”

इंटरव्यू ख़त्म हो गया।

वह अलीगढ़ लौट आया।

"कैसा रहा ?" सकीना ने पूछा।

"जिस देश की यूनिवर्सिटी में यह सोचा जा रहा हो कि ग़ालिब सुन्नी थे या शीया और रसखान हिन्दू थे या मुसलमान, उस देश में पढ़ाने का काम नहीं करूँगा।"

"फिर क्या करोगे ?" इफ़्फ़न ने पूछा।

"फ़िल्मी गाने लिखूँगा। जूतों पर पालिश करूँगा। भीख माँगूँगा। किसी बड़े आदमी की इकलौती लड़की से शादी करके चैन करूँगा। कुछ भी कर सकता हूँ।"

"उम्मीद क्या है ?"

"दो कैंडिडेट्स मुझसे ज़्यादा क्वालीफाइड थे।" टोपी ने कहा।

"और कुल कितने आदमी बुलाए गए थे ?" इफ़्फ़न ने सवाल किया।

"तीन।"

"तब तुम ले लिए जाओगे।" सकीना बोली।

"यदि ले लिया गया तो आत्महत्या कर लूँगा।"

"मुझसे यदि-पदि तो किया न करो।" सकीना बोली।

"मुझे जम्मू में नौकरी मिल गई है।" इफ़्फ़न ने कहा।

"काहे की नौकरी ?"

"हिस्ट्री पढ़ाने की।"

"के.एम. मुंशी की हिस्ट्री या ख़लीक़ निज़ामी की ?"

"प्रोफ़ेसर हबीब और डॉक्टर ताराचन्द के नाम क्यों नहीं लेते ?"

"उनके आगे अब कौन घास डालता है !" टोपी हँस पड़ा, "कब जाना है ?"

"फ़ौरन।"

"भाई हमें भी वहीं एक नौकरी या एक बीवी दिलवा दो।"

यह बात मज़ाक में टल गई। परन्तु टोपी सचमुच सोच में पड़ गया कि इफ़्फ़न, सकीना और शबनम के बिना ज़िन्दगी में रह क्या जाएगा ! वह फिर बिलकुल अकेला रह गया। सामान बँधने लगा। उसने होल्डआल बाँधे। वही रिक्शे लाया। रेलगाड़ी में उसी ने सामान रखवाया।

"ख़त लिखोगे न ?" सकीना ने पूछा।

"अंकल, वह मोटर लेकर जम्मू आ जाना।" शबनम बोल पड़ी और वह सकीना के सवाल का जवाब देने से बच गया।

गाड़ी चली गई। वह प्लेटफ़ार्म पर खड़ा रह गया।

"वो जो बेचते थे दवाए-दिल वो दुकान अपनी बढ़ा गए।" एक लड़का गुनगुनाता हुआ पास से गुज़रा। टोपी ने मुड़कर उसकी तरफ़ देखा। वह लड़का दूसरी तरफ़ देखने लगा।

फिर लड़कों का वह गिरोह क़हक़हे लगाने लगा और क़हक़हों की आवाज़ टोपी पर कोड़े बरसाने लगी।

सोलह

इफ़्फ़न चला गया। सकीना चली गई। शबनम चली गई।

(सलीमा की तो ख़ैर शादी हो चुकी थी।)

हालत ने उसे तनहाई की सलीब पर लटका दिया। और अलीगढ़ ने उसे जुमलों, क़हक़हों, आवाज़ों और इशारों की धार पर रख लिया। टोपी लहूलुहान हो गया। इतने गहरे ज़ख़्म तो उस दादा के चाक़ू से भी नहीं खाए थे।

मौलाना बलभद्र नारायण टोपी शुक्ला की शख़्सियत बिखर गई। तीन टुकड़े जम्मू चले गए और चौथा टुकड़ा अलीगढ़ में रह गया और उस चौथे टुकड़े को ख़ुद उसकी आधी, पूरी परछाइयों ने घेर लिया।

टोपी की कोई ख़्वाहिश पूरी ही नहीं हुई। उसने यह चाहा कि उसकी माँ के यहाँ एक साइकिल हो जाए तो उसके यहाँ भैरव हो गया। उसने चाहा कि सकीना उसे राखी बाँध दे तो वह जम्मू चली गई। उसने चाहा कि सलीमा से उसकी शादी हो जाए तो अपना थीसिस लिखवाकर सलीमा ने किसी साजिद ख़ाँ से ब्याह कर लिया। उसने एक नौकरी चाही तो कहीं हिन्दू होने के कारण नहीं मिली, कहीं मुसलमान होने के कारण। एक आदमी के कितने टुकड़े हो सकते हैं। टोपी ने कभी इस प्रश्न पर सोचने का कष्ट नहीं उठाया था। सच्ची बात यह है कि इस प्रकार की बातों पर केवल कहानियों के हीरो सोचते हैं। ज़िन्दगी सोचने का मौक़ा ही कहाँ देती है ! परन्तु टोपी को अपने बारे में एक बात अवश्य मालूम थी कि वह कम्प्रोमाइज़ नहीं कर सकता। और सच पूछिए तो केवल इसी कारण इफ़्फ़न, सकीना और शबनम के चले जाने के बाद भी वह अलीगढ़ से नहीं गया। उसका यह फ़ैसला उसके जीवन का सबसे महत्वपूर्ण फ़ैसला साबित हुआ। टोपी को यह बात भी नहीं मालूम थी कि उसने कोई बहुत बड़ा फ़ैसला किया है। टोपी को तो यह बात कभी न मालूम हुई कि उसका फ़ैसला कितना महत्वपूर्ण था। परन्तु कथाकार को कुछ दिनों बाद यह पता चला कि उसका यह फ़ैसला उसकी जीवन-कथा का क्लाइमेक्स था। और इसीलिए कथाकार यहाँ क्षण-भर रुकने की आज्ञा चाहता है, क्योंकि वह जगह आ गई है जहाँ लोगों के मन में रेंगनेवाले सवालों के जवाब दे दिए जाएँ। मैं उपन्यासकार नहीं हूँ कि कहानी मेरी हो और मैं जो चाहूँ बताऊँ और जो चाहूँ न बताऊँ। मैं यह हरग़िज कहना नहीं चाहता कि उपन्यास का लेखक मनमानी कर सकता है। उससे भी प्रश्न किए जा सकते हैं और उसे जवाब भी देना पड़ता है, परन्तु वे सवाल

भी और प्रकार के होते हैं और वे जवाब भी। जीवनी और उपन्यास में एक फ़र्क़ है। जीवनी का लेखक अपनी कथा में अपनी ओर से कुछ नहीं जोड़ सकता। वह घटनाओं की तरतीब भी नहीं बदल सकता। परन्तु उपन्यासकार अपने हिसाब से घटनाओं को तरतीब देता है। और वह तमाम बातें भी अपनी ही तरफ़ से कहता है। मैं यदि उपन्यास लिख रहा होता और यदि टोपी उस उपन्यास का हीरो होता तो मैं उसे 'फिर' को 'फ़िर' और 'फ़ौरन' को 'फौरन' न कहने देता। परन्तु टोपी मेरी क्रिएशन नहीं है। वह डॉक्टर भृगु नारायण शुक्ला नीले तेल वाले और रामदुलारी की क्रिएशन था। और चूँकि वह 'फिर' को 'फ़िर' और 'फ़ौरन' को 'फौरन' कहा करता था, इसलिए यदि मैं उसकी बोलचाल को सुधार देता तो यह जीवनी के साथ बेईमानी होती। इसीलिए जीवनी लिखना उपन्यास लिखने से ज़्यादा टेढ़ा काम है।

टोपी किसी रोमैंटिक कहानी का हीरो नहीं था। वह किसी रोमैंटिक कहानी का हीरो हो भी नहीं सकता था। वह तो अपनी आत्मकथा का हीरो भी बड़ी मुश्किल से बन सका। वह तो उन लोगों में था जिनकी अपनी कहानी का हीरो भी कोई और होता है। टोपी इस युग के तमाम लोगों की तरह अधूरा आदमी था। किसी से मिले बिना वह पूरा नहीं हो सकता था। इसीलिए मैंने बिखरे हुए उसके तमाम टुकड़ों को इकट्ठा करने का प्रयत्न किया है। जब वह बनारस में था तो मुन्नी बाबू और भैरव के बिना अधूरा था—इफ़्फ़न का नाम भी लें लीजिए। और जब वह अलीगढ़ आया तो अपने पूरे वुजूद के साथ नहीं आया। मुन्नी बाबू और भैरव बनारस ही में रह गए और इफ़्फ़न पहले ही बिछुड़ चुका था।

अलीगढ़ में वह उस वक़्त तक कटी हुई पतंग की तरह डगमगाता रहा जब तक कि इफ़्फ़न से उसकी मुलाक़ात न हुई। फिर इफ़्फ़न, सकीना और शबनम ने मिलकर उसे पूरा किया। परन्तु ये लोग खुद अधूरे थे। इफ़्फ़न अपनी दादी, अपने अब्बू और अपनी बाजी के बिना अधूरा था। इसलिए उनका जिक्र करना पड़ा। सकीना अपने बाप सय्यद आबिद रज़ा, महेश और रमेश के बिना अधूरी थी। इसलिए उनकी बात करनी पड़ी। शबनम सिस्टर आलेमा के बिना समझ में न आती। मुन्नी बाबू को समझने के लिए मुन्नीबाई और बिसमिल्लाजान से परिचित होना ज़रूरी था और भैंरव को पहचानने के लिए उस कल्लन का आईना देखना ही पड़ा जिसका चुनाव लड़ाने टोपी बनारस गया था। ये बातें मैं इसलिए कह रहा हूँ कि आप इस बात पर आश्चर्य न करें कि टोपी की कहानी में 'फ़ाज़िल लोगों' या 'सपोर्टिंग कैरेक्टर्ज़' को इतनी जगह क्यों दी गई है।

परन्तु अधूरापन और तनहाई शायद इस युग के टोपियों की तक़दीर है। यदि वह हज़ार-पन्द्रह सौ बरस पहले पैदा हुआ होता तो उसकी कहानी कुछ और होती। वह अब तक कब का किसी और की लड़ाई लड़ता हुआ मारा जा चुका होता। और तब शायद मैं इतने बहुत-से लोगों की बातें न करता। मेरी परेशानी यह है कि यह किसी बड़े आदमी की जीवनी नहीं है। यह एक छोटे आदमी की जीवन-कथा है। मेरा हीरो कोई राजकपूर या दलीपकुमार तक नहीं है। इसीलिए उसे अपना अधूरापन सताता रहता है। और

इसीलिए इफ़्फ़न, सकीना और शबनम के जाने के बाद वह केवल एक बदन रह गया। एक ख़ाली मकान। एक ऐसा मकान जो ख़ाली तो था परन्तु जो किराए के लिए ख़ाली नहीं था।

स्टेशन से निकलकर उसे ख़याल आया कि जाने के लिए उसके पास कोई जगह नहीं है। वैसे वह घर मौजूद था जिसमें थोड़ी देर पहले तक इफ़्फ़न रहा करता था। उस घर में वह अभी बीस दिन तक रह सकता था। किराए पर मकान था। इफ़्फ़न पूरे महीने का किराया दे चुका था। परन्तु उसे उस घर के ख़याल ही से वहशत हो रही थी।

एक रिक्शेवाले ने उसकी मुश्किल आसान कर दी। शमशाद मार्केट के चौराहे का रिक्शा था। टोपी को पहचानता था। उसे देखते ही वह रिक्शा दौड़ा लाया।

"बैठिए मियाँ !" उसने गद्दी को हाथ से ठोंकते हुए कहा।

टोपी की सारी ज़िन्दगी हुक्म मानने में गुज़री थी, इसलिए वह चुपचाप बैठ गया। रिक्शा चल पड़ा। रिक्शेवाले ने उससे यह भी न पूछा कि कहाँ जाना है। उसे क्या, यह बात तो सारी यूनिवर्सिटी को मालूम थी कि उसे कहाँ जाना है।

रिक्शा उस घर के सामने रुका जिसमें इफ़्फ़न रहा करता था; जिसमें वह सकीना से लड़ा करता था; जिसमें शबनम उसे अंग्रेज़ी पढ़ाया करती थी।

जेब से कुंजी निकालकर उस घर का ताला खोलना उसे बहुत अजीब लगा, क्योंकि इस घर का दरवाज़ा उसे अपने लिए सदा खुला मिला था।

वह अन्दर गया।

घर वही था। कमरे वही थे। दीवारों का रंग वही था। आँगन के थालों में लगे हुए फूलों के पौधे वही थे। शबनम की जूही कलियों से लदी हुई थी। हवा उसी अन्दाज़ से कमरों में झाँक रही थी, दालान में नाच रही थी, आँगन में खिलखिला रही थी और फूलों के पौधों को गुदगुदा रही थी। बेचारे पौधे दोहरे हुए जा रहे थे।

इसने इफ़्फ़न के कमरे में झाँका। बिल्ट-इन अलमारियों में कोई किताब नहीं थी। जिस जगह पर इफ़्फ़न की कुरसी हुआ करती थी वह जगह खाली थी। जहाँ पेडेस्टल लैम्प हुआ करता था वह जगह भरी हुई थी। इफ़्फ़न वह लैम्प टोपी के लिए छोड़ गया था।

वह घबराकर उस कमरे से निकल आया।

सकीना के कमरे में सन्नाटा था। वह खिड़की पर बैठ गया और उस कमरे के नंगे फ़र्श को देखने लगा जिस पर तीन पलंग बिछे हुआ करते थे। कमरे के एक कोने में चारमीनार का एक बुझा हुआ टुकड़ा पड़ा हुआ था—यानी बस यह रह गया है। उसने झुककर वह टुकड़ा उठा लिया। फिर उसे बेदिली से फेंकता हुआ उस कमरे से भी निकल गया।

घर में उसका जी नहीं लग रहा था। उसे डर था कि अगर वह कुछ देर और टिका तो रो पड़ेगा। इसलिए घर में ताला बन्द करके वह यूँ ही बिना मक़सद शमशाद मार्केट की तरफ़ चल पड़ा।

दिसम्बर की ठंडी रात थी। जासूसी फ़िल्मों और कहानियों के लोगों की तरह लोग ओवरकोट के कॉलर उठाए तेज़ी से एक-दूसरे के पीछे चले जा रहे थे। बहादुर की दुकान पर हमेशा की तरह भीड़ थी। सामने अपनी दुकान में सैयद हबीब अपनी मेलो-ड्रैमेटिक दाढ़ी समेत अपनी मामूली (यानी ऊँची) आवाज़ में बात कर रहे थे।

"अकेले हो गए पार्टनर !" कोज़ी कार्नर से आवाज़ आई। फिर कई लड़के हँस पड़े। टोपी जानता था कि यह बात उसी से कही जा रही है। परन्तु सकीना, शबनम और इफ़्फ़न को लेकर जम्मू जा चुकी थी। तो वह मुड़कर क्या देखता ! वह आगे बढ़ गया। बाईं तरफ 'आफ़ताब मंज़िल' और दाहिनी तरफ़ स्वीमिंग पूल में अँधेरा था। साहब बाग़ के कमरों से रोशनी झाँक रही थी...वह उस रोशनी से बेखबर आगे ही बढ़ता चला गया।

"इसी बाअस तो क़त्ले-आशिकाँ से मन्ना करते थे। अकेले फिर रहे हो यूसुफ़े-बेकारवाँ होकर।" लड़कों के गुज़रते हुए एक गिरोह में से किसी ने ऊँची आवाज़ में शेर पढ़ा। यह आवाज़ कोड़े की तरह टोपी की आत्मा पर निशान डाल गई। मगर ज़ाहिर है कि वह कुछ कह नहीं सकता था। वह इफ़्फ़न के इसरार के बाद भी अलीगढ़ में रुका था। और अब रुकने का किराया दे रहा था।

वह 'आज़ाद केफ़ेटेरिया' की तरफ़ चला गया। वह जानता था कि वहाँ कुछ जानी-पहचानी सूरतें देखने को मिल जाएँगी।

सामने की कैंटीन के मालिक वाजिद ख़ाँ अपने भारी-भरकम वुजूद को सँभाले जज़बी को शायद साहित्य की कोई समस्या समझा रहे थे। टोपी को देखकर वाजिद ख़ाँ मुसकरा दिए।...

सत्रह

कथा के आख़िरी हिस्से में एक नए आदमी से मिलाने की आज्ञा चाहता हूँ। मैं जानता हूँ कि यह कथन के नियमों के ख़िलाफ़ है। परन्तु ये नियम बहुत दिनों पहले बनाए गए थे। वाजिद ख़ाँ से मिलने की यही जगह है। बात यह है कि वाजिद ख़ुद अपनी कहानी का आरम्भ नहीं बल्कि अन्त है। तो टोपी की कहानी के आरम्भ में मैं आपको इनसे कैसे मिलाता ?

वाजिद को देखकर कोई यह नहीं कह सकता कि वह कवि होगा। परन्तु वह बड़ा बाँका कवि है। साहित्य-जगत् उसे जावेद कमाल के नाम से जानता है। वाजिद ख़ाँ के नाम से तो यूनिवर्सिटी कैंटीन में चाय बेचता है ! कथाकार अकसर सोचता है कि वास्तव में वह वाजिद ख़ाँ है या जावेद कमाल। वह पान, बातचीत और हुस्न का पुजारी है। उसे अपनी आवाज़ सुननी पड़ती है क्योंकि हमारी दुनिया में जिसके दलाल न हों उसकी आवाज़ कोई नहीं सुनता। वह इस डर से बोलता रहता है कि चुप हुआ तो फिर शायद उसे भी यह याद न आए कि कभी उसके पास भी एक आवाज़ हुआ करती थी। उसके घरवालों को यह ज़िद है कि वह वाजिद ख़ाँ है और वह इस पर ठना हुआ है कि वह जावेद कमाल है। परन्तु वाजिद ख़ाँ भूत बनकर उससे चिमट गया है। इस भूत से जान छुड़ाने के लिए वह जज़्बी जैसे मामूली आदमी, ना-समझ और घटिया शायर तक से घंटों साहित्य की समस्याओं पर गप लड़ाता रहता है। और अपने दोस्त-अहबाब को मुफ़्त चाय पिलाया करता है। वह एक नॉर्मल आदमी है लेकिन गंजे फ़रिश्तों में घिरा हुआ है और इसीलिए अब नॉर्मल दिखाई देता है।

आप सोच रहे होंगे कि टोपी की कथा को रोककर मैं वाजिद की बातें क्यों करने लगा। इसलिए मैं यह पहले ही बता देना चाहता हूँ कि वाजिद भी टोपी की कहानी का एक अटूट अंग है। इस ड्रामे का एक ऐक्ट वाजिद के स्टेज पर खेला गया था। और चूँकि अब वह जगह क़रीब आ चुकी है जहाँ हवा टोपी की कहानी का एक पन्ना उलटकर हमारे सामने लानेवाली है। इसलिए मैं ज़रूरी समझता हूँ कि आपको वह स्टेज दिखला दूँ जिस पर वह ऐक्ट खेला गया था। टोपी और सलीमा की दोस्ती कराने में वाजिद का बहुत हाथ था।

टोपी जब अलीगढ़ में अकेला हुआ तो सीधा वाजिद ही की तरफ़ भागा। इसी से आपको वाजिद के महत्व का अन्दाज़ा लगा लेना चाहिए था। यही कारण है कि मैं

आपको वाजिद से मिला रहा हूँ।...

वाजिद बड़ा अच्छा पहलवान भी हो सकता था। परन्तु कवि होकर उसने मट्टी पलीद की, नहीं तो वह भी आज दारासिंह की तरह फ़िल्म स्टार तो हो ही गया होता। लड़कियाँ उसकी बादामी आँखों की रोशनी से डर जाया करती थीं और वह अँधेरे में कोई काम करने का आदी नहीं था, इसीलिए अगर यह सच है कि उसकी ज़िन्दगी भी गुज़री—कि ज़िन्दगी गुज़रती ही रहती है— तो दोस्तों की मदद करने में गुज़री। कोई बस आशिक़ हो जाए किसी पर। बाक़ी काम वाजिद ख़ाँ का है। वह इतने मशवरे देगा कि इश्क़ करनेवाला या तो घबराकर इश्क़ ही से तौबा कर लेगा या डिसपरेशन में किसी और लड़की पर आशिक़ हो जाएगा।

वाजिद के बारे में सबसे ज़रूरी बात बताना तो मैं भूल ही गया। वह इफ़्फ़न का दोस्त था। बी.ए. तक दोनों साथ रहे। फिर इफ़्फ़न हिस्ट्री में चला गया और यह उर्दू में। और फ़र्स्ट क्लास में एम.ए. पास करके इफ़्फ़न लेक्चरर हो गया और यह चाय बेचने लगा—नहीं, कुछ दिनों वाजिद ने जूते भी बेचे। परन्तु दोस्तों, शायरों और कथाकारों ने इतने जूते उधार बनवाए कि दूकान बन्द हो गई। खुदा ने चाहा तो कैंटीन का भी यही हश्र होगा।

इफ़्फ़न ही ने एक दिन टोपी से उसको मिलाया था। और जब वाजिद को यह मालूम हुआ कि टोपी इफ़्फ़न के बचपन का दोस्त है तो उसने टोपी को अपने बचपन का दोस्त भी मान लिया है। जी हाँ ! वाजिद ऐसा ही आदमी है।

टोपी और उसमें कोई चीज़ कॉमन नहीं थी। वह हुस्न का पुजारी था और टोपी बदसूरती का क्लासिकल नमूना। वह संगीत का रसिया था और टोपी ख़ानदानी बेसुरा। उसे हिन्दी से नफ़रत थी और टोपी हिन्दी का चुनाव-चिह्न। उसे पान खाने का शौक़ था और टोपी बिनाका टूथपेस्ट का इश्तिहार।...केवल एक जगह दोनों का संगम होता था। उसे बोलने का शौक़ था और टोपी को सुन लेने की आदत। वह घंटों तक़रीर करता रहता था और टोपी घंटों तक़रीर सुना करता था।

एक दिन वाजिद जज़्बी को भुगत रहा था। वह गंजा फ़रिश्ता उसे अपने किसी दोस्त की अधेड़ नौकरानी की कहानी सुना रहा था जो उस पर आशिक़ हो गई थी और अपने इश्क़ की घबराहट में ब्रेल क्रीम की शीशी उठा लाई थी। यह कहानी सुनाते-सुनाते जज़्बी की आँखों में एक गन्दी चमक आई, उसके मैले दाँत निकल आए और वह 'खी-खी' करके यूँ हँसने लगा जैसे पुरानी खुजली का मरीज़ अपने ज़ख़्म खुजलाए और उसके छरछराहट से लुत्फ़ ले—दरअसल जज़्बी की आत्मा खुजली की पुरानी मरीज़ थी ! वाजिद सुन रहा था और उबकाई को मुसकराहट में छिपाने की कोशिश कर रहा था।

"आपकी साइरी इन बातों से अच्छी होती है।" टोपी ने कहा, "आपने साइरी क्यों छोड़ दी साहब ?"

जज़्बी की मुसकराहट सिकुड़ गई।

"स्टुडेण्ट होकर ऐसी बातें करते हो ?" जज़्बी ने खौलकर कहा।

"अरे साहब, जब आप टीचर होकर नहीं शर्माते तो मैं टोककर क्या शर्माऊँ ?" टोपी ने कहा।

"चुप रह बे गँवार।" वाजिद ने आँखें नचाईं।

"भाई, बोर तो तुम भी होते हो परन्तु कह नहीं पाते। जी में तो खुश हो रहे होगे कि मैंने तुम्हारे दिल की बात कह दी। उस साली अधेड़ नौकरानी की बातें सुनकर मैं क्या करूँगा ?"

जज़बी साहब ख़फ़ा हो गए और उठकर चले गए। उनके जाने के बाद वाजिद ने मुसकराकर टोपी की तरफ़ देखा।

"साले हो बड़े हरामी।"

"मैं तो डरता हूँ कि किसी दिन ग़ालिब-वालिब पढ़ाते-पढ़ाते किसी नौकरानी की कहानी न शुरू कर दे।"

"शाबाश !" वाजिद ने उसकी पीठ ठोंकी, "शुरु बिलकुल ठीक कहा।"

एक क़हक़हा पड़ा और ठीक उसी वक़्त सलीमा एक लेक्चरर के साथ कैंटीन में दाख़िल हुई। सबसे पहले उसे टोपी ने देखा।

"भाई, इस लड़की का कोई इलाज करो।" टोपी ने कहा, "साली ने ज़िन्दगी हराम कर दी है।"

"चुप बे हिन्दू !" के.पी. बोला, "तुझे हराम-हलाल से क्या काम ?"

टोपी हैरान रह गया क्योंकि के.पी. खुद हिन्दू था। "एक लौंडिया ने ज़िन्दगी हराम कर दी और बिलबिलाए-बिलबिलाए घूम रहे हो। लानत है तुम पर।"

"फूँक-फूँक के क़दम रखना बेटा !" वाजिद ने कहा, "शाहजहाँपुर की पठानी है। धान की तरह कूटकर सूखने को फैला देगी आँगन में।"

"टोपी, इसी बात पर तुम आशिक़ हो जाओ इस पर।" के.पी. ने कहा।

"साले किसी मुसलमान लड़की पर तिरछी निगाह डाली तो टाँगें चीरकर फेंक दूँगा।" वाजिद बोला।

"नहीं भाई !" टोपी ने बड़ी ईमानदारी से कहा, "तिरछी नजर नहीं डालूँगा, परन्तु सीधी नजर तो डाल सकता हूँ !"

"तुम लाख सीधी नजर डालो।" वाजिद ने जलकर कहा, "कुत्ते की दुम है, टेढ़ी जरूर हो जाएगी।"

"भाई तुम बड़े कम्युनल हो।" टोपी हँसा।

वाजिद ने कम्युनलिज़्म की माँ-बहन से अपना रिश्ता जोड़ना शुरू किया। और जब गालियों का स्टाक ख़त्म हो गया तब मतलब की बात पर आया, "मैं तुझ जैसे कालीचरन को इतनी ख़ूबसूरत लड़की पर आशिक़ होने की इज़ाज़त नहीं दे सकता। शक्ल देखी है कभी अपनी। कीवी का इश्तिहार और..." वह उपमा में उलझ गया।

"भाई यह मुँह और मसूर की दाल से काम चल जाएगा ?" टोपी ने बड़ी मासूमियत से कहा।

वाजिद ख़ाँ ने अपना रामपुरी क़हक़हा लगाया। कैंटीन में सन्नाटा हो गया। सलीमा ने मुड़कर देखा।

"अब यह शरीफ़ों के आने की जगह नहीं रह गयी है।" सलीमा का स्कोर्ट बोला।

कोने की मेज़ पर बैठे हुए लड़कों ने बिल मँगवाने के लिए प्याली पर चम्मच बजाना शुरू किया। और तब सलीना के स्कोर्ट को ख़्याल आया कि उसकी जेब में पैसा नहीं है। इत्तिफाक से सलीमा के बैग में भी पैसे नहीं थे। स्कोर्ट को पसीना आ गया। सलीमा एक फ़ैसला करके उठी और वाजिद की तरफ़ बढ़ी। "वाजिद भाई !" उसने पास आकर कहा, "कल फ़ख़रू भाई का ख़त आया। उन्होंने आपको सलाम लिखा है।"

अपने चचाज़ाद भाई फ़ख़रू का सन्देशा उसने कोई साढ़े चार बरस बाद पहुँचाया। जब वह बी.ए. में दाख़िला लेने के लिए अलीगढ़ आनेवाली थी तो फ़ख़रू ने कराची से उसके पास वाजिद के लिए एक ख़त भेजा था। सलीमा ने वाजिद तक वह ख़त पहुँचाने का कष्ट नहीं उठाया था। फ़ख़रू हर ख़त में वाजिद के बारे में पूछता और सलीमा हर जवाब में लिख देती कि वाजिद भाई यह कहते हैं और वाजिद भाई वह कहते हैं। परन्तु जब बिल का मामला आ फँसा तो उसे वाजिद के पास आना ही पड़ा।

"बैठिए, बैठिए।" वाजिद ने कहा। टोपी एक तरफ़ सरक गया। सलीमा उसी के पास बैठ गई। सामने वह लेक्चरर बैठे। "चाय-वाय ?"

"जी नहीं, अभी पी है।"

"पैसे दे दिए ?"

"अभी नहीं दिए हैं। वह..."

"फ़ख़रू कर क्या रहे हैं आजकल..." एक वेटर ने सलीमा का बिल उसके स्कोर्ट के सामने रख दिया। वाजिद ने लपककर वह बिल उठा लिया। फिर वेटर को उसने एक गन्दी-सी गाली। गाली देते वक़्त उसे यह ख़याल ही नहीं आया कि सामने कोई लड़की बैठी है।

"मगर वाजिद साहब..."

"बात यह है जनाब, कि फ़ख़रू की ख़बर लेकर वह चार-साढ़े चार साल बाद आई हैं।" वाजिद ने कहा। "भाग यहाँ से।" उसने वेटर को घुड़का। वह मुसकराता हुआ चला गया। "यह फ़ख़रू भी अजीब था टोपी। यहाँ था तो एथीस्ट था। वहाँ जाकर अल्लाह मियाँ को साबित करने में लग गया है। कोई कह रहा था कि तीन-चार हज़ार तनख़ाह पा रहा है।"

"अल्ला मियाँ को मानने में फायदा-ही-फायदा है भाई !" टोपी ने कहा।

"इनसे तो तुम मिल चुकी होगी ?" वाजिद ने टोपी की तरफ़ इशारा किया, "यह यहाँ का मुसलिम लीगी हिन्दू है।"

सलीमा मुसकरा दी।

"अच्छा भाई, मैं चल दिया।" के.पी. ने उठते हुए कहा।

किसी ने जवाब नहीं दिया। वह चला गया। वाजिद फ़ख़रू की बातें करने लगा।

सलीमा मजबूरन सुनने लगी। स्कोर्ट ने कई बार घड़ी देखी। वह इस फ़िक्र में था कि वाजिद ख़ाँ जो वाक़या सुना रहे हैं, वह ख़त्म हो तो वह इजाज़त लें। परन्तु वह वाजिद ख़ाँ को अच्छी तरह जानते नहीं थे। कथाकार वाजिद ख़ाँ को सत्रह-अठारह बरस से जानता है। अब तक वाजिद ख़ाँ कोई वाक़या पूरा नहीं सुना सके हैं। मैं सत्रह-अठारह बरसों से बार-बार वही वाक़यात सुना रहा हूँ। मुझे वे तमाम वाक़यात ज़बानी याद हो चुके हैं। परन्तु जो वाक़या सत्रह-अठारह बरस पहले अधूरा रह गया था वह अब तक अधूरा है। वाजिद का स्टाइल यह है कि किसी बात के क्लाइमेक्स से वह दूसरी बात निकाल लेते हैं। इसीलिए वाजिद से बातें करते वक़्त हम लोग घड़ी उतारकर जेब में रख लेते हैं। परन्तु यह बात उस ग़रीब लेक्चरर को क्या मालूम थी। उसका घंटा था। सलीमा पर 'वर्क' करने के लिए वह अपनी नौकरी तो गँवा नहीं सकता था। इसलिए बात के बीच ही में वह खड़ा हो गया—

"माफ़ कीजिएगा।" उसने कहा, "मेरी क्लास है।"

तो फ़ख़रू ज़ोर से हँसा। "और अब सुनो एक लतीफ़ा..." वाजिद ने अनसुनी करके सलीमा से कहा। अब सलीमा क्या करती ! उसे मजबूरन मुसकराना पड़ा। स्कोर्ट दिल में वाजिद ख़ाँ को बुरा-भला कहता चला गया। उसके जाने के बाद वाजिद ख़ाँ ने अपना भारी-भरकम पहलू बदला। शेरवानी की जेब से एक पुड़ा निकाला। पान खाया। "देखो बीबी, तुम फ़ख़रू की बहन हो। इसलिए बुरा मानो या भला। जिस आदमी के साथ तुम थीं वह बड़ा लपाड़िया है। तुम्हारे बारे में अंट-शंट बातें करता है। बड़ा काइयाँ है। चांस नहीं लेता। एक साथ दो-तीन इश्क़ करता है।..."

"वाजिद भाई, आप कैसी बातें कर रहे हैं ?" सलीमा बोली।

फिर काफ़ी देर तक इधर-उधर की बातें होती रहीं। और सलीमा को पता भी न चला कि वह टोपी से गप लड़ा रही है। जब सलीमा चली गई तो वाजिद ने तीसरा पान खाया।

"भाई, जब वह बेचारा जा रहा था तो तुमने उसका नोटिस ही नहीं लिया।"

"पागल हुआ है। गँवार कहीं का।" वाजिद ने बहुत उस्तादों के लहजे में कहा, "उसका नोटिस लेता तो सलीमा उसके साथ चली गई होती।"

"तो क्या मैं उससे इश्क़ कर सकता हूँ ?" टोपी ने लहकके पूछा।

"टोपी, सुनो एक बात।" वाजिद सीरियस हो गया, "फ़ख़रू ने इसके बारे में मुझे एक ख़त लिखा था। जब यह नई-नई आई थी। फ़ख़रू से मेरी दोस्ती नहीं थी। मगर साहब सलामत ज़रूर थी। यह शायद उसकी मँगेतर भी है। इसलिए इश्क़ करना हो तो ज़रूर करो मगर मुझसे अपने इश्क़ की बात न करना।"

यह उन दिनों की बात है जब सलीमा होस्टल से निकल चुकी थी और अपने रिश्ते के एक चचा के साथ अमीर निशाँ में रह रही थी। उसका चचा, चचा होने के साथ-साथ एक रिटायर्ड थानेदार भी था।

उन्हीं दिनों हैदराबाद या सिकन्दराबाद से एक साहब ताज़ा-ताज़ा आए और

साइकॉलोजी में लेक्चरर हुए थे। नाम था डॉक्टर वाहिद अंजुम। 'डॉक्टर' को वह ख़ुद भी अपने नाम का एक हिस्सा समझा करते थे, इसलिए मैंने भी उनका पूरा नाम बता दिया। 'डॉक्टर' के बिना वह अधूरे मालूम हुए थे। उर्दू के प्रसिद्ध कवि थे। अलीगढ़ तो कवियों का जंगल है। हाथों-हाथ लिए गए। यह नशे में आ गए। नतीज़ा यह हुआ कि 'मजनूँ' गोरखपुरी जैसे बुज़ुर्गों से मज़ाक करने लगे। उनके ख़याल में ग़ालिब के बाद फिर वही शायर हुए। और ग़ालिब भी क्या !

नतीजे में आज़मगढ़ के ख़लीलुर्रहमान और सीतापुरी क़ाज़ी अब्दुस्सत्तार और इसी तरह के दूसरे लोगों से उनकी दोस्ती और लड़ाई होती रही।

सलीमा की वजह से यह डॉक्टर वाहिद अंजुम भी इस कहानी का एक अंग हैं। एक दिन इन्होंने आव देखा न ताव, तड़ से सलीमा पर आशिक़ हो गए। परन्तु वह हिन्दी में थी और यह साइकॉलोजी में। मिलन हो तो कैसे ? नतीजा यह हुआ कि बेचारा अपनी आग में जलता रहा। और उधर सलीमा धीरे-धीर टोपी के क़रीब होती रही।

सलीमा और टोपी की दोस्ती में टोपी ने कोई तीर नहीं मारा। यह तो मैं बता ही चुका हूँ कि सलीमा टोपी से नफ़रत किया करती थी। तो एक दिन उसने वाजिद से कहा—

"वाजिद भाई, एक बात पूछूँ ?"

"पूछो।" वाजिद ने मुँह में पीक को मुश्किल से सँभालकर कहा।

"टोपी जैसे लीचड़ को आप कैसे झेलते हैं ?"

वाजिद ने उठकर खिड़की की सलाखों से होंठ लगाकर पीक थूकी। आख़िरी क़तरा उसकी शेरवानी पर आ गया। रूमाल से उसको पोंछता हुआ वह फिर सलीमा के पास आकर बैठ गया।

"मैं समझा नहीं।"

"लोग कहते हैं कि वह जरग़ाम साहब की बीवी से फँसा हुआ है।"

"यह जानती हो कि लोगों ने तुमको किस-किससे फँसा रखा है ?" सलीमा की आँखें हैरत से फैल गईं। उसे मालूम था कि उसके आशिक़ों की फ़ेहरिस्त बहुत लम्बी थी। परन्तु उसे यह नहीं मालूम था कि लोगों ने उसे लोगों से फँसा रखा है। "मिसाल के तौर पर तुम डिपार्टमेंट ऑफ़ हिन्दी के काले भँवरे से फँसी हुई हो।"

"उसकी तो मैंने शर्माजी से रिपोर्ट कर दी थी।" सलीमा की आँखों से चिंगारियाँ निकलने लगीं, "मुझे घर बुलाता था। शर्माजी के सामने उसने मुझसे माफ़ी माँगी और अब वह मुझे सलीमा बहन कहता है।"

"कहता होगा।" वाजिद ने बेपरवाही से कहा, "तुमसे पहले भी एक लड़की उसकी रिपोर्ट कर चुकी है। हाँ तो मैं यह बता रहा था कि तुम किस-किससे फँसी हुई हो। तुमको मालूम नहीं कि तुम उस चपड़कनाती से भी फँसी हुई हो जिसके साथ तुम यहाँ आई थीं, अपने डिपार्टमेंट के ज़ैदी से भी तुम फँसी हुई हो। और तुम मुझसे भी फँसी हुई हो।" वाजिद ने झल्लाहट में पान की दो गिलौरियाँ मुँह में रख लीं। सलीमा रुआँसी हो

गई। "बीबी यह बहुत छोटी जगह है। और यहाँ बहुत-से घटिया लोग भी रहते हैं..."

बात यहीं तक पहुँची थी कि टोपी आ गया।

"हलो भाई !" वह मुसकराकर वहीं बैठ गया।

"यह पूछ रही थीं कि मैं तुम्हें कैसे झेलता हूँ जबकि तुम सकीना से फँसे हुए हो।"

टोपी का काला रंग लाल हो गया। सलीमा बिलकुल घबरा गई। वाजिद झल्लाहट में पान चबाने लगा।

"भाई !" टोपी ने वाजिद से कहा, "देखिए मैं सही बोलने की कोशिश कर रहा हूँ।" फिर वह खड़ा हो गया और सलीमा से बोला, "ख़ुदा का शुक्र है कि मैं आपसे फँसा हुआ नहीं हूँ।" अपनी बात ख़त्म करके वह तेज़ी से मुड़ा और कैंटीन से बाहर निकल गया।

"आपने यह क्या किया वाजिद भाई ?"

वाजिद का मूड ख़राब हो चुका था। वह सलीमा की बात का जवाब दिए बिना काउंटर पर चला गया और बिल काटने लगा। इफ़्फ़न को आते देखकर सलीमा की जान सूख गई। उसने इफ़्फ़न को सलाम किया। कैंटीन में कोई जगह ख़ाली नहीं थी। वह वहीं रुक गया।

"चाय पीजिए, सर !" सलीमा ने कहा।

"भई तुम मुझे सर-वर न कहा करो।" इफ़्फ़न ने बैठते हुए कहा, "तुम भाई फ़ख़रू की बहन हो और वह मेरे दोस्त हुआ करते थे। वाजिद को तो मालूम है कि जब एस. एफ. के लड़कों की ठुकाई का प्रोग्राम हुआ करता था और भाई फ़ख़रू आकर मुझसे कहा करते थे, भाई आज की मीटिंग में न जाना। मगर मैं जाता। और मुझे मारते वक़्त उनका हाथ हलका हो जाया करता था। एक मर्तबा मैं गुलरेज़ ख़ाँ के हत्थे चढ़ गया। तो वह कवर अमानत को मारते-मारते वहीं से चिल्लाए, ख़ाँ साहब अपना यार है। ज़रा ख़याल रहे।" इफ़्फ़न खिलखिलाकर हँस पड़ा और वाजिद की तरफ़ मुड़ा, "यार वाजिद, गुलरेज़ ख़ाँ का कुछ हाल-चाल मालूम है ?"

वाजिद काउंटर से उठकर फिर वहीं आ गया। उसका मूड अभी तक ठीक नहीं हुआ था। आते ही सलीमा से बोला, "इनसे पूछो कि टोपी को यह कैसे झेलते हैं।"

इफ़्फ़न खिलखिलाकर हँस पड़ा, "अच्छा तो तुम्हें भी यही परेशानी है !" वह संजीदा हो गया। "बीबी, अपनी यह यूनिवर्सिटी अजीब जगह है।" वेटर आ गया तो इफ़्फ़न ने सलीमा से कहा, "खैर, छोड़ो इन बातों को। क्या पियोगी ?"

"अभी वाजिद भाई ने चाय पिलाई थी।"

"तो अब इफ़्फ़न भाई से चाय पी लो।" वह वेटर की तरफ़ मुड़ा, "वाजिद ख़ाँ के लिए कॉफ़ी और हम दोनों के लिए चाय, फटाफट। मुझे पन्दरह मिनट में जाना है।" वेटर चला गया। वह फिर सलीमा से बातें करने लगा, "सकीना तुम्हें बराबर पूछती हैं। तुम कोई साल-डेढ़-साल से नहीं आई हो। कोई काम न हो तो चलो मेरे साथ। मैं घर ही जा रहा हूँ। और हाँ यार वाजिद, मैं तुम्हें यह याद दिलाने आया था कि शबनम की

सालगिरह आज ही है। और जो इस साल भी तुम गोल कर गए तो तुम्हारी जान की ख़ैरियत नहीं है।"

वेटर ने चाय लगा दी। सलीमा चाय बनाने लगी। मगर उसे इफ़्फ़न के साथ चाय पीना बहुत अजीब लग रहा था और हालाँकि टोपी मौजूद नहीं था परन्तु वह दिल-ही-दिल में टोपी से शर्मायी जा रही थी।

फिर वह इफ़्फ़न ही के साथ उठ गई।

सकीना उसे देखकर खिल गई और उसका खिला हुआ चेहरा देखकर सलीमा इतनी शर्माई कि बच्चों की तरह रोने लगी। सकीना घबरा गई।

"तुम्हें मेरी क़सम, बताओ क्या बात है?"

"कुछ नहीं भाबी!"

"इतनी बड़ी होकर रोती हैं?" शबनम ने नसीहत की। सलीमा उसे लिपटाकर हँस पड़ी। और उसी वक़्त दरवाज़े से टोपी की आवाज़ आई।

"है कोई देनेवाला जो टोपी को एक कप चाय दे दे?" फिर उसकी निगाह सलीमा पर पड़ गई। वह चुप हो गया।

इफ़्फ़न ने एक टेन्शन महसूस किया, इसलिए झट से बोला—

"क्या हुआ उस उर्दू-विरोधी मीटिंग में?"

"एक रेजूलेसन पास हुआ।" टोपी ने कहा।

"अमें तुम उर्दू के मुख़ालिफ़ हो तो उर्दू ग़लत बोलो मगर अंग्रेज़ी बेचारी ने क्या बिगाड़ा है!"

"इनसे मिलो सलीमा!" सकीना बोली, "यह न मालूम कौन नरायन शुक्ला उर्फ टोपी। डॉकटर न मालूम कौन नरायन नीले तेल वाले के बेटे। और सबसे बड़ी बात यह है कि यह मुझ पर आशिक़ हैं और मैं इनसे फँसी हुई हूँ।"

"इन्हें मालूम है।" टोपी ने कहा।

सलीमा शर्म से ज़मीन में गड़ गई।

"यार भाबी, तुम अपने इश्क़ का इतना प्रोपेगण्डा क्यों करती हो?"

"लफ़ंगों की तरह यार-वार क्या किया करते हैं? आशिक़ हो तो कोई गाना सुनाओ। कैसा दिल तड़पता है जब टेढ़ी-मेढ़ी हीरोइनों के लिए हीरो लोग गाना गाते हैं। ए टोपी! एक गाना सुना दो।"

उस दिन जब सलीमा वहाँ से निकली तो उसमें एक तबदीली हो चुकी थी। वह रास्ते-भर टोपी के बारे में सोचती रही। और उस रात जब वह सोने के लिए लेटी तब भी वह टोपी ही के बारे में सोच रही थी।

उसकी चची बेटे से ख़फ़ा हो रही थीं कि वह कहे-सुने बिना ही पिक्चर चला जाता है। अब एक-डेढ़ बजे लौटेगा और घर-भर की नींद खराब करेगा।

"आप सो रहिए चची।" सलीमा ने कहा, "मैं जाग रही हूँ।"

"ऐ बेटा, तुम भी कब तक जागोगी?"

परन्तु यह कहकर वे लेट गईं और थोड़ी ही देर बाद सो गईं। परन्तु वह जागती रही।

गई रात को दरवाज़े की ज़ंजीर बजी। सलीमा ने उठकर किवाड़ खोले। परन्तु दरवाज़े पर भाई की जगह डॉक्टर वाहिद अंजुम नज़र आए।

हुआ यह कि डिपार्टमेंट ऑफ उर्दू के दो उस्तादों के साथ डॉकटर वाहिद अंजुम ने 'नेशनल' में रम पी। वे दोनों उस्ताद कवि थे। तीनों-के-तीनों चुल्लू में उल्लू बन गए और अपने-आपको दुनिया का सबसे बड़ा शायर समझने लगे। गाली-गलौज तक नौबत पहुँच गई। उर्दू वाले दोनों कवि साइकॉलोजी के कवि को छोड़कर चले। डॉक्टर अंजुम ने मौक़े को ग़नीमत जाना। नेशनल के वेटर को अपनी कविताएँ सुनाने लगा। वह बेचारा बोर हो गया, क्योंकि डॉक्टर साहब से उसे किसी टिप की आशा नहीं थी। फिर यह भी था कि डॉक्टर साहब बहुत कठिन उर्दू का प्रयोग करते थे।

"पुलिस !" उसने 'वाह-वाह' कहने की जगह कहा। डॉक्टर साहब को इतना होश तो था ही, पुलिस का आना घपले से ख़ाली नहीं है।

स्टेशन रोड पर रात का सन्नाटा ठंडी हवा बनकर बह रहा था। डॉक्टर साहब तरंग में आ गए। और जब वह तरंग में आते थे तो उन्हें हमेशा सलीमा याद आया करती थी।

नशे ने उन्हें बहादुर बना दिया। इसलिए वह अपना घर भूल गए जहाँ उनकी सीधी सादी पत्नी उनकी राह देख रही थी। उन्होंने सलीमा के दरवाज़े की ज़ंजीर बजा दी।

सलीमा ने दरवाज़ा खोला तो वह हाथ फैलाकर शुरू हो गए—

"मैं तुम्हें अपनी शायरी में अमर बना दूँगा। तुम मेरे ख़यालों की मलिका हो..."

सलीमा उनके बढ़ते हुए हाथ देख चीख न पड़ती तो शायद उन्होंने बहुत लम्बी तक़रीर की होती। मगर वह चीख़ पड़ी। रिटायर्ड थानेदार की आँख खुल गई और उसने वही किया जो किसी भी रिटायर्ड थानेदार और ग़ैरतमन्द आदमी को करना चाहिए था। यानी पहले तो उसने डॉक्टर साहब को दस-पाँच हाथ मारे। डॉक्टर साहब कमज़ोर आदमी थे, लुढ़क गए। चश्मा छिटककर दूर जा गिरा।

"क्या बात थी बेटा ?" थानेदार साहब ने सलीमा से पूछा।

"यह मुझे..." सलीमा रुक गई।

चचा के लिए सलीमा का चुप हो जाना ही काफ़ी था। वह फिर शुरू हो गए। बेचारे डॉक्टर वाहिद अंजुम का नशा हिरन हो गया।

चचा ने उसे गरेबान पकड़कर उठाया। फिर छेड़ा—

"चल पुलिस स्टेशन।"

पुलिस स्टेशन का नाम सुनकर डॉक्टर साहब काँप गए।

"मैं यूनिवर्सिटी में लेक्चरर हूँ।" उन्होंने घिघियाकर कहा, "मेरी नौकरी चली जाएगी।"

नौकरी !

यह शब्द कितना भयानक और कितना घिनौना है। वाहिद अंजुम को आबरू का ध्यान नहीं आया, क्योंकि आबरू अब शायद होती ही नहीं। अब आबरू की जगह नौकरी ने ले ली है।

चचा कैसे मान लेते कि ज़िन्दा और मुर्दा परम्पराओं में जकड़ी हुई यूनिवर्सिटी का कोई टीचर यह भी कर सकता है। तो डॉक्टर साहब को याद आ गया कि पड़ोस में उसका एक स्टूडेंट रहता है। वह जगाया गया। उसने गवाही दी। अब चचा क्या करते ! उन्होंने डॉक्टर साहब के चूतड़ों पर लात माकर उन्हें कम्पाउंड से निकाल दिया।

परन्तु वह पुलिस के आदमी रह चुके थे। उन्हें ख़याल आया कि कहीं डॉक्टर साहब रिपोर्ट न कर दें, इसलिए एहतियातन उन्होंने सिविल लाइंज़ के थाने में रिपोर्ट लिखवा दी।[1]

आप सोच रहे होंगे कि यह बात इतनी तफ़सील से क्यों सुनाई जा रही है। मैं कोई जासूसी उपन्यास तो लिख नहीं रहा हूँ। इसलिए इस बात का महत्व अभी बता देता हूँ। इस क़िस्से को बयान करना इसलिए ज़रूरी था कि फ़ख़रू की मँगेतर ने दो साल तक टोपी से इश्क़ लड़ाने (करने नहीं) के बाद इन्हीं डॉक्टर वाहिद अंजुम से शादी कर ली। कथाकार यह मानता है कि यह बात समझ में आनेवाली नहीं है, परन्तु वह गह नहीं कर सकता कि चूँकि गह बात समझ में नहीं आ रही है इसलिए सलीमा को फ़ख़रू या टोपी से ब्याह दे। जीवन और फ़िक्शन में यही फ़र्क़ होता है। मैं यदि धूल से रस्सी बट रहा होता तो सलीमा को फ़ख़रू से ब्याहता या नेशनल इंटिगरेशन करने के लिए उसे टोपी से ब्याह देता! परन्तु मैं न तो धूल में रस्सी बट रहा हूँ और न ही नेशनल इंटिगरेशन की योजना ही चला रहा हूँ। मैं तो बस टोपी और उसकी आक़ा और उसके वातावरण से आपका परिचय करा रहा हूँ। मैं बात छिपाकर सस्पेंस क़ायम रखने का क़ायल नहीं हूँ। इसलिए मैंने आपको यह बात पहले ही बता दी थी कि सलीमा ने टोपी से शादी नहीं की। और अब आपको यह बता रहा हूँ कि उसने डॉक्टर वाहिद अंजुम से शादी कर ली। परन्तु यह शादी इस आसानी से नहीं हो गई। सलीमा से शादी करने के लिए डॉक्टर साहब को पाकिस्तान जाना पड़ा। वहाँ जाकर उन्हें यह कहना पड़ा कि कश्मीर पाकिस्तान का है और भारत की आबादी के आँकड़े झूठ बोलते हैं कि भारत में पौने पाँच करोड़ मुसलमान हैं। भारत के तमाम मुसलमान दंगों में मारे जा चुके हैं। जो बच रहे हैं उनकी शुद्धि कराई जा चुकी है। वही एक मुसलमान बचा था जो जान बचाकर पाकिस्तान आ गया। इस प्रश्न के जवाब में कि फिर भारत से दंगों के समाचार क्यों आते रहते हैं, उन्होंने कहा कि दंगों की ये ख़बरें भारत कभी-कभार केवल इसलिए छापता रहता है कि दुनिया को यह पता न चल सके कि भारत में अब मुसलमान रह ही नहीं गए हैं। नतीजा यह हुआ कि डॉक्टर साहब पाकिस्तानी डेलीगेशन के साथ कश्मीर की बहस में हिस्सा लेने यू.एन.ओ. के असेम्बली हॉल तक हो आए। वापस आए

---

1. बात सुबह होते-होते दबा दी गई। परन्तु थाना सिविल लाइंज के रोज़नामचे में यह रिपोर्ट अब भी होगी।

तो उन्हें एक नई यूनिवर्सिटी का वाइस चांसलर बना दिया गया। ज़ाहिर है कि अब भला फ़ख़रू के लिए क्या चांस हो सकता था ! और यहाँ अलीगढ़ में सलीमा टोपी से अपना थीसिस भी लिखवा चुकी थी, इसलिए डॉक्टर साहब और सलीमा की शादी में कोई रुकावट नहीं रह गई। चट मँगनी और पट ब्याह हो गया।

परन्तु मारपीट का जो क़िस्सा मैंने अभी आपको सुनाया है उसका महत्व यह है कि उसने सलीमा और टोपी में गहरी दोस्ती करवा दी।

हुआ यह कि दूसरे दिन यह बात सारी यूनिवर्सिटी में फैल गई कि रात डॉक्टर साहब पिट गए। इस बात को फैलाने में सबसे ज़्यादा हाथ उन्हीं का था जो उस रात डॉक्टर साहब के साथ शराब पी रहे थे।

घपला यह हो गया कि डॉक्टर साहब पिटे तो सचमुच सलीमा पर आशिक़ हो गए। हिन्दी विभाग के चक्कर लगाने लगे। मगर सलीमा को पी-एच.डी. करनी थी। और फिर उन दिनों वाहिद अंजुम की तनख़ाह बहुत कम थी।

टोपी की तरफ़ से सलीमा का दिल भी साफ़ हो चुका था। इसलिए वह टोपी के साथ देखी जाने लगी। मुल्लों में खलबली पड़ गई। लोकल स्कैण्डल-शीट में टोपी और सलीमा के नाम साथ-साथ छपने लगे। एक चीथड़े में तो यहाँ तक छप गया कि टोपी और सलीमा ने चुपके से शादी कर ली है।(यह बात बिलकुल ग़लत है, क्योंकि यदि ऐसा रहा होता तो टोपी ने बनारस स्टेशन की वेटिंगरूम में बैठकर सलीमा को वह ख़त न लिखा होता जिसे लिखने के बाद उसने फाड़ डाला था।)

यहाँ से दो कैम्प बन जाते हैं। एक का कहना था कि सलीमा बहुत बहादुर लड़की है जो इन बातों के बाद टोपी के साथ ज़्यादा देखी जाने लगी है। (कथाकार इसी कैम्प में था।) और दूसरे कैम्प का कहना था कि वह केवल अपने थीसिस में इंटरेस्टेड है। इफ़्फ़न या सकीना ने सलीमा की शादी के बारे में उससे कुछ नहीं कहा।

बात जो रही हो, टोपी बेचारा नाहक़ मारा गया।

"भाई, वह बहुत सिन्सियर है।"

"हाँ।" इफ़्फ़न ने चारमीनार सुलगाते हुए गरदन हिलाई, "वह अपने-आपसे बहुत सिन्सियर है।"

"तुम जलते हो।" टोपी बिगड़ गया।

"ए ख़बरदार जो मेरे मियाँ के बारे में यह बात फिर कही !" सकीना ने चमककर कहा।

शबनम खिलखिलाकर हँस पड़ी।

"तुम्हारे बनने-बिगड़ने से मैं अपनी राय तो बदलने से रहा।" इफ़्फ़न बोला।

"मुसलमान लड़की से इश्क़ कर रहा हूँ न, इसीलिए जल रहे हो। तुम सब मुसलमान खाल के नीचे पाकिस्तानी हो।"

"हाँ।" इफ़्फ़न ने गरदन हिलाई, "एक हद तक तुम ठीक कह रहे हो। पाकिस्तान एक बेनाम डर का नाम है। और हर मुसलमान डरा हुआ है। यह डर क्या है बलभद्र ?

और यह डर क्यों है ? तुम मुझ पर शक क्यों करते हो ? और मैं तुमसे ख़ौफ़ क्यों खाता हूँ ?..."

"लो सँभालो अपने मियाँ को।" टोपी ने सकीना से कहा, "दौरा पड़ गया।"

"नहीं वाक़ई बलभद्र !" इफ़्फ़न ने कहा, "इतने बड़े मुल्क को इन दो लफ़्ज़ों ने डाकुओं की तरह पकड़ रखा है। और ये दोनों डाकू रैन्सम माँग रहे हैं।"

डर !

शक !

मुसलमान !

हिन्दू !

काले-गोरे !

घर में सन्नाटा हो गया। इफ़्फ़न सकीना, शबनम और टोपी सहित अपने ही प्रश्न के विष-सागर में डूब गया। और ऐसा लगने लगा जैसे रेंगते हुए अन्धकार ने आँगन और आँगन के ऊपर फैले हुए विशाल आकाश को ढक लिया और फीके-फीके-से चाँद ने नीम की फुनगी पर ठोड़ी टिका दी।

"परन्तु हम लोग तो सलीमा की बात कर रहे थे।" अँधेरे में टोपी की आवाज़ गूँजी।

"सलीमा भी डर और शक के उसी पेड़ का एक कच्चा फल है। मेरी बात गिरह में बाँध लो बलभद्र, कि यही डर उसे एक दिन निगल जाएगा। चुपचाप उसका थीसिस लिख डालो। डॉक्टर सलीमा होने के बाद वह तुम्हें भूल जाएगी।"

"मगर..."

"मगर क्या ?" इफ़्फ़न ने उसकी बात काटी, "मगर यह कि वह डॉक्टर वाहिद अंजुम तक से शादी कर सकती है, मगर वह तुमसे शादी नहीं करेगी।"

"क्यों ?" टोपी ने सवाल किया, "क्या इसलिए कि मैं हिन्दू हूँ ?"

"नहीं। हिन्दू तो किशनसिंह भी हैं।" इफ़्फ़न ने कहा।

"फिर क्या कारण हो सकता है ?"

"इतना बड़ा और गाढ़ा ण निकालने की क्या ज़रूरत है ?" इफ़्फ़न ने पूछा, "क्या तुम कारन नहीं कह सकते थे ?"

"यार भाई, मैं अपने इश्क़ की बात कर रहा हूँ और तुम भाषा सुधार में लगे हुए हो। तुम उर्दू वाले जलते हो हिन्दी से।"

"जलते नहीं हैं, डरते हैं।" इफ़्फ़न ने कहा।

फिर वही शब्द !

डर !

क्या इस डर से छुटकारा पाने की कोई सूरत नहीं ? मैं ही हिन्दी हूँ। मैं ही उर्दू हूँ। तो क्या मैं अपने-आपसे भी डरने लगा हूँ ? मेरा एक रूप एक लिपि नहीं जानता। इसलिए वह दूसरी लिपि से डरता है। भाषा की लड़ाई दरअसल नफ़े-नुक़सान की लड़ाई है। सवाल भाषा का नहीं है। सवाल है नौकरी का !

नौकरी।

यह शब्द भी कहाँ-कहाँ मिल जाता है। जो एक लिपि जानता है वह महफ़ूज़ है। जो एक लिपि नहीं जानता वह डरा हुआ है। मेरे दोनों रूप भाषा जानते हैं, परन्तु रोशनाई की लकीर ने हमें बाँट रखा है।

नौकरी !

यह शब्द हमारी आत्मा के माथे पर ख़ून से लिखा हुआ है। यह शब्द ख़ून बनकर हमारी रगों में दौड़ रहा है। यह शब्द ख़्वाब बनकर हमारी नींद की हतक कर रहा है। हमारी आत्मा नौकरी के खूँटे से बँधी हुई लिपि की नाँद में चारा खा रही है।

"सवाल हिन्दी-उर्दू या हिन्दू-मुसलमान का नहीं है बलभद्र !" इफ़्फ़न ने कहा, "सवाल है नौकरी का। अब लड़कियाँ लड़कों से शादी नहीं करतीं। लड़के तो सिर्फ़ इश्क़ करने के लिए होते हैं। शादी तो नौकरी से की जाती है। प्यार अब तनख़ाह के गज़ से नापा जाता है और सोशल पोज़ीशन की तराज़ू में तोला जाता है। तुम सलीमा की बात कर रहे हो। अरे, तुमसे कोई लड़की शादी नहीं करेगी।..."

टोपी उस रात बहुत उदास हो उठा। सलीमा का थीसिस वह लिख चुका था। और अब वह सलीमा से अपने दिल की बात कहना चाहता था। परन्तु यदि इफ़्फ़न सच कह रहा हो तो ? जो वह दिल की बात सुनकर हँस पड़ी तो ?

फिर एक दिन जब सलीमा ने अपना थीसिस सबमिट किया तो टोपी ने कहा—

"चलो आज पिलवाओ।"

"अभी तो ज़रा मैं मुमताज़ आपा से मिलने जा रही हूँ।" सलीमा बोली, "एक जगह ख़ाली हुई है। मित्र दास छुट्टी पर गई हैं न ! छह महीने की।"

सलीमा चली गई।

फिर कई बार यही बात हुई। परन्तु टोपी ने दिल बुरा नहीं किया। उसने उस डर से यह बात इफ़्फ़न को भी नहीं बताई कि वह हँसेगा।

फिर एक दिन पता चला कि वाहिद अंजुम पाकिस्तान चले गए। रेडियो पाकिस्तान से उनके बयान आने लगे और एक दिन ख़बर मिली कि वह वाइस चांसलर हो गए।

और एक दिन कैंटीन ही में सलीमा ने कहा—

"ज़रा उसका दिमाग़ देखो। मुझसे शादी करना चाहता है।"

"शादी करना चाहने में क्या हर्ज़ है ?" टोपी ने पूछा, "अब तो वह वाइस चांसलर हो गया है। दो-तीन हज़ार तो तनख़ाह भी पा रहा होगा।"

"अरे, तो क्या मैं उसकी नौकरी से शादी कर लूँ ! उससे अच्छी नौकरी तो ज़ाकिर साहब की है।"

यह सुनकर टोपी का अंग-अंग गुनगुनाने लगा। फिर भी दिल की बात कहने की हिम्मत न हुई।

"तुम कहीं नौकर-वौकर क्यों नहीं हो जाते ?" सलीमा ने पूछा।

"कोसिस तो कर रहा हूँ।" टोपी हकलाया, "कहीं हिन्दू होने की वजह से नहीं

मिलती और कहीं मुसलमान होने की वजह से।"

"मगर ऐसे कब तक काम चलेगा ?"

"हाँ।" टोपी बोला, "ऐसे तो काम नहीं चल सकता।"

यह उसी दिन की बात है जिस रात वह कल्लन का चुनाव लड़ाने बनारस गया था।

वह बनारस से लौटा तो पता चला कि सलीमा की शादी वाहिद अंजुम की नौकरी से हो गई ! वह बनारस से सौ-दो-सौ बरस के बाद नहीं लौटा था। केवल पाँच दिन में एक कहानी एक शार्टकट से होती हुई अपनी मंज़िल पर पहुँच गई।

और यहाँ कथाकार आपको एक ऐसी बात बताना चाहता है जो टोपी को भी नहीं मालूम थी। वह बात यह है कि इफ़्फ़न की गाड़ी-बाड़ी नहीं छूटी थी। वह सलीमा की शादी में शरीक होना ही नहीं चाहता था।

"साले, चले थे इश्क़ करने।" वाजिद ने कहा, "खड़ा क्या है बे ! चाय ला।" वाजिद ख़ाँ एक वेटर पर बरस पड़े। सलीमा और टोपी के इश्क़ एवं सलीमा और डॉक्टर वाहिद अंजुम की शादी की बात एक 'साले' के अथाह कुएँ में डूब गई।

टोपी को वाजिद की यही अदा पसन्द थी। वह बड़ी-से-बड़ी बात पर एक गाली की मिट्टी डालकर जी हल्का कर लेने की कला जानता था।

इसीलिए इफ़्फ़न को सी ऑफ़ करने के बाद टोपी कैंटीन गया कि शायद उसकी उदासी वाजिद की एक गाली में डूब जाए।

अठारह

वाजिद ख़ाँ टोपी को देखकर मुसकरा दिए।...

जवाब में टोपी रुआँसा हो गया। उसने खाँसकर थूकने के बहाने मुँह फेर लिया। सामने लॉन था जो मैली चाँदनी में लथपथ था।

रूमाल से मुँह और आँखों को पोंछता वह कैंटीन में दाख़िल हुआ। जज़्बी की गंजी चाँद में एक बल्ब अपना मुँह देख रहा था।

"हलो भाई !" टोपी ने कहा।

"आओ।" वाजिद यह कहकर फिर जज़्बी से मुख़ातिब हो गए, "तो मैं यह कह रहा था जज़्बी साहब, कि ग़ालिब की शायरी में जो मीठा-मीठा दर्द है उसी दर्द में उनकी शायरी की बड़ाई है।"

"आदाब।" टोपी ने जज़्बी साहब से कहा।

"कहिए जनाब, क्या हाल हैं ?" जज़्बी ने अपने घिसे-घिसे-से गन्दे दाँत निकालकर कहा, "आपके इफ्फन भाई गए।"

"इफ्फन नहीं जज़्बी साहब इफ़्फ़न।" टोपी बोला, "वह मेरा दोस्त था। मैं उसका नाम बना या बिगाड़ सकता हूँ, आप नहीं।" वह वाजिद ख़ाँ की तरफ़ मुड़ गया, "यार वाजिद भाई, तुम ग़ालिब पर भाषण दो।"

...धीरे-धीरे शाम के तमाम बैठनेवाले आ गए। इधर-उधर की बातें शुरू हो गईं परन्तु टोपी की तनहाई न मिटी। वह बातचीत, लतीफ़ों और क़हक़हों के सागर में सन्नाटे की चट्टान की तरह चुपचाप खड़ा लहरों के थपेड़े खाता रहा।

फिर वे सब दारासिंह की कोई फ़िल्म देखने चले गए। वक़्त किसी-न-किसी तरह कट ही गया। परन्तु टोपी को तो उसी घर में वापस जाना था। वह क्या करता ? उसी घर में चला गया और अपने लिहाफ़ में दुबककर जागता रहा। न जाने क्यों बहुत दिनों बाद उसे इफ़्फ़न की दादी की याद आने लगी–

"आँखों की देखी कहती नहीं, कानों की सुनी कहती हूँ। झूठे पर खुदा की लानत। कहते हैं कि एक ज़माने में एक ठो बादशाह रहा। ओके सात बेटियाँ रहीं। एक दिन जो ऊ चला सफ़र पर त अपनी बेटियन को पास बुला के पूछिस..."

वह सो तो न सका। परन्तु थकन से उसकी आँखें बन्द हो गईं। और आँखें बन्द करने से पहले उसने यह फ़ैसला किया कि अब वह अलीगढ़ में नहीं रहेगा।

फिर एक दिन सुबह को एक्सप्रेस ख़त बाँटनेवाला डाकिया आया। उसने घंटी बजाई। काफ़ी देर बाद टोपी ने दरवाज़ा खोला। लिफ़ाफ़े को उसने देखा और दरवाज़ा फ़िर बन्द कर लिया।

थोड़ी देर बाद डाकिया आया। उसने एक लिफ़ाफ़ा दरवाज़े की झिरी से अन्दर डाल दिया।

थोड़ी देर बाद भंगन आई। वह घंटी बजाती रही परन्तु दरवाज़ा नहीं खुला। फिर धोबी आया। घंटी बजाकर वह भी चला गया।

शाम होते-होते पुलिस आ गई। दरवाज़ा तोड़ा गया। और तब पता चला कि अपने कमरे में टोपी आदमी से लाश बन चुका है।

आँगन में एक बन्द लिफ़ाफ़ा मिला। उस पर बहराइच की मुहर थी। वह लिफ़ाफ़ा खुला हुआ था। नौकरी का परवाना था। पुलिस इस खुले हुए लिफ़ाफ़े का महत्व भी नहीं समझ सकी।

पुलिस अपनी कार्रवाई में लग गई। लाश पोस्टमार्टम के लिए भेज दी गई। युनिवर्सिटी बन्द हो गई। डॉक्टर भृगु नारायण नीले तेल वाले को तार दे दिया गया। उसके साथ रामदुलारी भी आई।

टोपी के सामान के साथ सकीना का लिफ़ाफ़ा भी डॉक्टर साहब को मिला। उन्होंने उस राखी को हिक़ारत से देखा। रामदुलारी फिर बैन कर-करके रोने लगी।

"फ़ाहिशा!" डॉक्टर साहब ने राखी को यूँ फेंका जैसे वह कोई घिनौनी चीज़ हो। परन्तु उनकी आवाज़ में कोई ऐसी बात अवश्य थी कि रामदुलारी चुप हो गई और उनका मुँह देखने लगी।

"फ़ाहिशा।" डॉक्टर ने फिर कहा। रामदुलारी जवाब में कुछ कहना चाहती थी। पर .वह कुछ कह न सकी। क्योंकि उसे शब्द का अर्थ मालूम नहीं था।

टोपी भी एक ऐसा ही शब्द था जिसका अर्थ रामदुलारी को मालूम नहीं था।